逆光線

～ひとりぼっち～

竹脇　誠

文芸社

目次

逆光線

Ⅰ　～ひとりぼっち～

また一つ心が消えていく。
要領の悪い奴は切り捨てられていく。
群衆は正義。
個は消されていく。
時代。
偽人の波。

「ただいまー」

耳慣れた声と同時に、玄関のドアを閉じる乾いた金属音が、廊下中に響き渡る。

派手に靴を脱ぎ散らかしながらも、最近お得意の、吉幾三の「酒よ」を口ずさむ音程だけはしっかり合っている。

九時半か……。

今夜の帰宅は、日頃の午前様に比べれば、予想外の早さだ。

居間でテレビを見ていたぼくの前に姿を現した父は、相変わらずだらしない。当然の如く赤い顔をして、ズボンのベルトは外しっぱなしだし、おまけによく見ると、何処かで立ち小便をしてきたらしく、肝心の部分のチャックが半開きとなっている。

入口のドアにもたれかかり、乱れた呼吸を一旦整えると、何を思ったのか、おぼつかぬ足どりで、ぼくの方を目指して歩いてくる。

だが、途中サイドボードの角に脛をしたたかぶつけてしまって、顔をしかめながら、さも痛そうに脛をさする父の惨めったらしいその姿は、醜悪意外の何ものでもない。

「……ったく、みっともねえなー！」

むかついてくる。

どうしようもなく腹が立つ。

「よぉー、ぼうず。ちゃんと勉強してるか？　お前は頑張って、必ずお母さんの期待に応えてやってくれよな」

精一杯の侮蔑の念をこめた視線で、父の胸を射抜いたつもりだったのに、アルコールの酔いとは、人間の感性をも都合良く麻痺させてしまうもののようだ。

父は一向に意に介する気配もみせず、ぼくの髪をぐじゃぐじゃに撫で回しながら、愚にもつかぬことを言っている。

せっかく風呂上がりにセットしたばかりの髪の毛をかき乱されて、内心腹が立ったが、本気で怒る気にはなれない。父の戯言にいちいちマジで取り合っていたら、それこそ、家庭内暴力が起きちまう。

「このー、酔っぱらいおやじ！」

軽く振り払うだけと決めた思惑は外れ、やけに右腕に力が入り過ぎてしまい、父を少しばかり後方へたじろがせる結果となった。

ガラス戸に背中をもろにぶつけ、足元がふらついた父の、何かもの悲しそうに歪み、それでいて親しみの持てる愛嬌のある顔と目が合った。

その時ぼくの心の奥底で、自分自身の内に潜む父への不確かな思い入れが、急速にしぼんで小さくなっていくのを、移ろう時間のやるせなさと共に、理由の判らぬ痛みの中で感じていた。

「……オッ、お前も大分力がついてきたじゃねえか……。フー、喉が渇いた。水、持ってきてくれ」

父は姿勢を立て直し、外したネクタイをソファへ叩き付けた。

ぼくは、命じられるまま台所へ行き、おやじ専用に、何時も冷蔵庫に用意してある酔覚しの氷水をコップに注いだ。

本当は何か言いたかった。

ゴメンナサイ……、いや、そんなんじゃなくて、もっと気の利いた別の言葉を……。

焦る気持ちとは裏腹に、結局は愛想のないぶすっとした表情を崩さず、そして、もちろん無言で、ぼくは父の眼前にコップを突き出していた。

同じく無言で受け取った父が、それはうまそうにコップの水を飲む動作を、ぼくはまるで馬鹿みたいに、一心に見つめ続けていた。

何だか父の全身からは疲労感が色濃く漂い、顔には皺が増えた。

久しぶりに間近で見る父の体が、昔に比べて変に縮んでしまったように思えてならず、ぼくは……、ぼくはたまらなく淋しかった。

「ボーン、ボーン、……」

両親の結婚記念だという古めかしい柱時計の時刻を告げる音が、父と子の間に流れる気詰りな沈黙を破り、次の展開へと急き立てる。

ふっと、ぼくの胸元へ先程のコップが差し出された。

「おい、お前も飲んでみろ。うまいぞ」

突然の予期せぬ事態にドギマギしつつも、言われた通り一息に飲み干した。

「これも一つの男の人生の味だ」

父のごつい手が、ぼくの頬を今度はやさしく撫でた。

これが人生の味?

ただ冷たいばかりで何の味もしないのに……、またぞろ例のあれか……。

だけど、父の飲みかけの水を自分も口にした時、確かにぼくは嗅いでいた。

おやじの匂い。

懐かしいかつての匂い。

ぼくを見つめる父の瞳が急にやさしくなって、胸の奥の片隅に隠れている、ごく素直なもう一人の自分が呼び起こされてしまいそうな気がして、戸惑う。

今しも父の手がぼくの左肩に触れそうになった、その時、母が現われた。

「あなた、また飲んできたのね。たまに早く帰ってきたんだから、子供にお説教の一つでもしてやってちょうだい」

この女性は、が鳴り立てる方法をもってしか、家族との意志の疎通を計ることができぬ質らしい。昔からそうだ。しかし、いくら慣れ親しんできた声であるとはいえ、やはり、苛立ちを覚えずにはいられない。

ゆっくりと父はぼくから視線を逸すと、さも面倒くさそうな仕草で、母の方へと歩を進めて行く。

母の登場で、何とはなしに繋りかけていた父との絆が、またそこでプッツリ切れた。

男同士。

そんな感じがしていたのに……。

彼女は、今日一日分の憂さを、あたかもそれが父のせいであるかのようにして、あれやこれやと喋りまくる。他方父もまた手慣れたもので、長年連れ添ってきた夫婦の習性か、絶妙なる間合いの取り方でヒョイヒョイと躱していく。ことさら無視する訳でもなく、かといって、真面に相手になっているのとも違う。

「こう毎晩飲んでちゃ体にも良くないし、それに、前から口を酸っぱくして言ってるでしょう、子供との会話の時間をもつようにして下さいって。この子も今が一番大事な時期なんだから」

「うん」

「それにね、最近は口答えばっかり。反抗期なのよ、きっと」

「ああ」

再びテレビの画面に見入っていたぼくへの当てつけなのか、横目でチラチラとこちらの様子を窺いながら、母はわざと大きな声で話しをしている。

父、四十八歳。母、四十二歳。

高校生になったばかりの一人息子のことが、夫婦の話題の大半を占めるが、当の本人にとってすれば、有難迷惑以外の何物でもない。

年令に不相応な真っ赤な花柄のエプロンがどぎつく、それが、最近とみにせり出してきた、父の腹部と対をなしているかのように思えてならない。

「あなたがこんな風だから、この子にも少しずつ怠け癖が移るのよ。近頃じゃあ、勉強のべの字だって、おくびにも出しやしない」

「ねえ、あなた、聞いてるの！」

ブー。

ある部分の空気が破れ、その拍子に無様な音を発した。

これが父の返事だ。

思わずぼくも噴き出した。いかにもうちのおやじらしい。

一瞬、あっけに取られてポカンとしていた母の表情の中に、段々と怒りの色が交錯し始める頃、すかさず父は、次の行動へ移っていた。

無抵抗の様を誇示するかの如く、おもむろに服を脱ぎ始めたのだ。

「すべて世はこともなし。なるようにしかならんよ」

と、意味不明な言葉をまるで独り言みたいに呟くと、父はその場にワイシャツもズボンも脱ぎ捨て、下着だけの格好となって、浴室へと姿を消した。

茶化されて地団太を踏む母の嘆きの鉾先は、自ずと、残りの一人へ向けられてくる。

「全くもう……。今の内から、真剣に将来のこと考えとかないと、いずれあんたもあんな風になってしまうんだからね。そうなりたくなかったら、しっかり勉強していい大学へ入らなくちゃね。頑張ってよ。お母さん、期待してるからね。あんただけが頼りなのよ、お母さんは」

唾を飛ばしながら、懸命にまくし立てる母の顔は真剣そのものだ。

化粧っ気のない肌にほんのりと赤味がさし、父とは違って、どんな時でもぼくの目を真っすぐに見つめ返してくる切れ長の目が、怖いくらいに、ぼくをじっと見据えたまま離さない。

次はどんな言葉が出てくるのか……、ぼくは直感的に、即刻退散こそが、今この局面を打破する最上の策と考えた。

「じゃあ、ぼく、二階で宿題をやるから」

「コーヒーでもいれてあげようか？」

「いい、いらない」

「そう……。あんたはやれば必ずできる人なんだから、少しぐらい授業の程度が高くたって、大丈夫、努力次第で絶対トップグループに入れるわよ。しっかりね」

彼女の棲む偏狭な世界の中では、大事な一人息子は以前と何ら変わることなく、あくまでも成績の良い優秀な子として、頑なに存在し続けているらしい。

思わずため息が出てくる。

ぼくは一刻も早く自室へ戻り、レンタルＣＤから編集した、お気に入りのオリジナルＭＤの音楽に耳を傾けながら、いつもの漫画の本を読みたかった。

急ぎ足で階段を駆け上るぼくの背後から、風呂場で演歌を唄うおやじのダミ声が聞こえてきた。

(おやじはいいよなー。毎晩酒飲んで、好きなだけテレビを見て、あとは寝るばかりだもん。羨ましい限りだよ。あの人には悩み事なんて……、ある訳ないか……)

紙面に繰り広げられていく絵空事の世界が、耳の奥で弾けるロックのリズムと相まって、享楽のみに支配された自我の世界へ埋没したいがための手立てを、十二分に与えてくれる。

ふと目線が逸れ、ブックエンドに並べておいた数学の教科書が目にとまった。

時を同じくして、心臓の鼓動が停止する。

やがて体の中を、痺れにも似た不快な一条の流れが、じんわりと伝わっていく。

関係ないよ。

どうせ無駄なんだから。

でも……。

ヘッドホンステレオのボリュームを目一杯に上げてみたところで、もう振り切れない。束の間の安息さえも奪われていく。頭の中に立ちこめる靄は深まる一方だ。

無機質な金属音が、かえって、その靄の中へ吸収されながら、更に悪辣な分子を増殖していくみたいで、たまらなく苛立ちが募る。

「止めろー！」

獣じみた絶叫と共に、ぼくはヘッドホンを耳から外し、投げ捨てた。

呼吸が乱れ、肩で息をしている自分に気づく。

ぼくはのろのろと椅子から立ち上がると、そのままベッドへ倒れこむ。

俯せの姿勢で両腕は腹の下へ回し、顔面をシーツにめりこませる。

鼻孔をくすぐる微かに残る体臭は、荒んでいた気持ちを自然と和らげていく。

鉛筆を握っていた右手が、別の愛しい何かを求めて、新たな行動を開始する。

パジャマ代わりのスウェットパンツの生地は柔らかく、誘いの右手は、何ら苦もなく股間へと進入し、確かな手応えをその指先に捕える。

そこに待つものは、男の誇りとあがき。

絶えず充足の出口を求めて暴れ回る、肉体の奥底から突き上げてくる灼熱の激流に、ただ翻弄されていく。

男の生命の源を秘める双球を軽く揉み上げ、既に雄々しくそそり立つ我が分身をぐっと摑む。

それから先は、もういっきに昇り詰めていくばかりだ。

頭の中には、未知なる大人の夜の秘め事を想像力逞しく淫らに描き出し、指先に全神経を集中させ、快楽の波間を漂う。

欲望の赴くままに、目の前の宿題も、尽きせぬ明日への不安も何もかも忘れて、高まりゆく絶頂感だけに、己れの全身全霊を委ねる。

「アッ……」

白き血潮が砕け散り、忘我の境に別れを告げる。

あとに残されたものは、底知れぬむなしさと、鼻をつく独特の臭い。

丸めたティッシュを、部屋の隅にあるゴミ箱へポンと放り投げると、ぼくは、軽く一つ息を吐く。

毛布を顎の所までたくし上げ、ゴソゴソとパンツの中へ手を差し込んでは位置を直し、ことの名残りを楽しむ。

これ以上何もしたくない。

今はただぐっすりと眠りたい。

熱をおびた湿った空気の塊が、まるで深い呪縛の罠をかけたかのように、下半身を痺れさせ、そいつは徐々にだが、しかし確固たる勢いで、その侵略の速度を増していく。

瞳の内に、灰色の霞がかかり始める。

見え透いた苦悩劇にピリオド。

眠りが、閉ざされた精神を軽やかに解き放ち、暫しのやすらぎをこの身にもたらす。

朝、洗面所で父とバッタリ出くわした。

目はどんよりと濁り、髪の毛もボサボサ。

さえない、の一語に尽きる。

父の方は既に済ませたらしく、タオルを首にかけて、ぼんやりと鏡を覗き込んでいる。

ぼくは、何の言葉もかけずに、すっと洗面台と父との間に割り込んで、前に立ち、別段気にもとめず、歯を磨き始めた。

と、鏡に写った父の顔を否応なしに見る羽目に……。

やっぱり似てるよな。

顔全体の輪郭、眉毛、口元、そっくりそのまんまだもんな。

親子なんだよな……。

ふいに、鏡の中の父が、鼻をヒクヒクさせたかと思うと、次の瞬間、ニヤッと笑ってこう言った。

「コラ、ぼうず。お前、昨夜かいたな」

いきなり背中をどやしつけられたみたいなショックだった。思わず歯磨き粉を喉に詰らせてしまい、ゲホゲホと大いにむせ返る。

急激な吐き気を催し、口の中に溢れた歯磨き粉を、苦しみながらも、どうにか吐き捨てる。

激しく上下するその背中を、二、三発軽くどやしたあとで、父は、

「どうしても臭うからな。パンツ、はき替えて行けよ」

と、とどめの一言を忘れずに付け加えた。

そして、うがいを済ませ、上体を起こしたぼくの尻をポンと叩くと、さも楽しげな笑い声を残して、台所の方へと去って行った。

この日、家を出る前に、ぼくがやけに素直に父の指示に従ってしまったのは、一体何故だろう……。


「判りません」

そう物憂げにお決まりの台詞を吐くと、あとは、ゆっくりと余計な音を立てぬように、細心

の注意を払いつつ腰を下ろす……。

それで終わりのはずだった。

が、しかし……。

「おい、お前は一体何様のつもりだ。国会答弁のお偉いさんじゃあるまいし、ただ判りませんを繰り返してもらったところで、何の意味もないんだよ。それこそ、屁のつっぱりにもならん。やる気があるのかないのか、え、はっきりしろ！」

出勤前に奥さんとでもやり合って、余程虫の居所が悪かったのか、いびりの原田と称される数学教師に、意外にも掴まってしまった。

はなから授業の参加人員には加えられていないものと、自他共に認める部外者に、貴重な授業時間を割いてまでも拘ろうとする、奇特な人物。

かのいびりの原田の、爬虫類のそれを想わせる粘っこい執拗な視線は、ぼくの全身に絡みつき、情け容赦もなく、今にも断を下そうとしている。

教室内の雰囲気もまるで白けきり、時間の浪費を責める糾弾の視線が、あちこちから定員外のこの厄介者に注がれ、哀れな贓り物の行く末を興味深く見守っていた。

時間が停止していく中で、胸の鼓動ばかりが先を急いでいる。

級友という名の赤の他人の群れに囲まれ、日々ぼくは、魂を削られていく。

今も皆一様に押し黙って、単に傍観しているだけのように映るが、その実、盛大な威嚇音を発しているのだ。

ぼくには聞こえてくる。

「帰れ！」

「消えちまえ！」

光りの無い目が、真実の言葉を伝えている。

屈折した人いきれが満ち満ちる閉ざされた空間では、風の流れさえも途絶えてしまうのか、本来の季節の爽風は姿を消し、代わって、生気の失せたなま温い吐息の波が、心の中奥深くにまで、じっとりと打ち寄せてくる。

ああ……、どうしてそう構うんだよー。

ほっといてくれ。

別に授業の邪魔をしている訳じゃないんだから……。

「どうした、何とか言わんか！」

原田の罵声に、逃げ場のないギリギリの局面に立たされている悲惨な現実を、改めて思い知らされた。

うつろな目をして、ただぼんやりと黒板を見つめるだけで、何の反応も示さぬ無気力な態度に業を煮やしたのか、原田は、こめかみをピクピクと痙攣させ、固く握りしめたチョークも、今にも捻り潰されてしまいそうだ。

いまいましいこの数学教師は、果たしてどんな言葉を、ぼくの口から言わせたいのか……。

何と言って欲しいんだよー、あんたは！

次第に、敵愾心めいた激烈な想いが、身内にふつふつと沸いてくるのを感じていた。

やけに顔が火照る。

「何だー、その目つきは！　ろくに授業にもついてこれん落ちこぼれが、態度だけは一人前だな」

ぼくの中で何かが弾け、体中の血が怨嗟の炎となって、熱く燃えたぎる。

全身が小刻みに震えてくる。

指も折れんばかりにきつく拳を握り、その瞳に、己が憤怒のありったけを託し、原田を睨み据える。

おかしい。

どこかおかしい。

教師とは、生徒一人一人の個性や能力をひき出すのが、仕事じゃないのか？

知識を授けるために、教壇に立っているんだろう？

判らないのに、これっぽっちも理解できていないのに、そんな状況などお構いなしに、見て見ぬふりを決めこんで、置いてきぼりをくわせる。

ぼくは生徒じゃないのか。

これでも、奴らの給料の一部には、ちゃんと入っているはずだぞ。

それとも、ただの飾りかよ。

教室の無駄な隙間を埋め合わせるための、ただそのためだけの、人間製の置き物かよ……。

だが、ぼくがどんなに憎しみを込めて、原田を精一杯睨んだところで、奴は、全く意に介さず、むしろ喜々として、唇の端にうすら笑いさえ浮かべている。

易々と敵の術中に陥ってしまった愚かな自分に、やっと今気づいた。

あいつは教卓に肘をつき、やたらニヤニヤしながら、こうぼくに言った。

「おい、大先生。せっかくの授業時間を、ここまで中断したんだ。この貸しは大きいぞ。どうやって返してくれる？　え、どうする、せんせい」

カーッと、頭に血が逆流していく。

表現のしようがみつからない程の凄じき侮蔑感に、目も耳も真っ赤に染まる。

お仕着せの判断力などとうに消滅し、純な怒りのままに、右の拳を振り上げようとした矢先に、事態は急転した。

「先生、もういいかげんに無駄なことは止めて、早く授業の方を進めて下さい！」

教壇のまん前に陣取った、学級委員長を務める女生徒の発言が、いじましく行き詰る無様な局面を打開し、平常の授業へ戻らせるきっかけとなった。

原田は、いかにも心残りげにゆっくりと教卓より体を離すと、左手にぶ厚い教師用のテキストを携えて、廊下側最後尾の席を目指して歩を進める。

近づいてくるあいつの足音が、ぼくの心臓の鼓動と共鳴し、華々しき終焉を見越して、激しく高鳴る。

バシッ。

例のテキストで頭をはたかれた。

「今日のお返しは、期末テストの百点でいいぜ、せんせいさんよ」

頭上で暫く手を止めて、冷酷に言い放つ原田の顔を眼前に直視した時、一瞬にして心が凍りついてしまう程の、到底抗うことの叶わぬ、絶望的な敗北感を味わっていた。

まるで能面。

怒りとか、叱咤とか、そういった類の表情でも見出せれば、まだしも救いもあろうが、この人は、ぼくを同等の人種だとは認めていやしない。

さも当然の如くに見下している。

踵を返し、肩をいからせて、陣地へ引き揚げて行く勝者の背中をじっと見つめるぼくは、鈍い痛みの余韻のもたらす、形の定まらぬ恐怖心の中で怯え、「服従」という言葉の意味を、身をもって学びとるほかなかった。

学校からの帰り道、駅前のスクランブル交差点で、偶然、父の姿を見かけた。信号待ちをする人の列の中で、ぼくの立つ位置から見て、右斜め前方に、見慣れた背広姿の父が立っていた。

まだ四時前だというのに、仕事の方はどうしたのだろう……。

そういえば、最近、ぼくはあの人に面と向かって、「お父さん」と、呼びかけたためしがない。何故かぼくの目を正視しようとしない父の、どことなく悲しげで、それでいて、何か強く問いかけてくるような愁いの瞳が、逆に、この胸の奥に、密やかな温もりを投げかけてくるのだ。

アッ、信号が青に変わった。

ごく自然に、ぼくの足は、父の後ろ姿を追い求めて動き出していた。

父の歩く速度は、予想外に速い。

ややもすると、人ごみの中で、その背中を見失ってしまいそうになり、置いていかれないようにと、ついつい速足になってしまう。

商店街のアーケードをくぐり抜け、ひときわ賑やかな音楽が流れる一角へ出た。

やっぱり、パチンコ屋だ。

ぼくがまだずっと小さい頃、パチンコで勝った時には、必ずチョコレートをおみやげに持って帰ってきてくれたもんな。普通の板チョコの三倍ぐらいもありそうなでっかいのをもらった時の感激は、今でも鮮明に覚えている。

店内へ姿を消した父のあとを追おうか追うまいか躊躇したが、ここで引き返してしまえば、何だかもう永久に、父との距離を縮めるための手立てを失ってしまいそうな気がしてならず、意を決して、ぼくは、自動ドアの前に立った。

中へ入った途端、ディスコも顔負けの強烈な金属音が、耳をつんざく。

おまけに店内の空気の汚いこと。

夥しい煙草の煙が幾重にも層をなし、あちこちに、酸素を遮断した独自の巣を形成している。

よくもまあこんな所に何時間も平気でいられるものだ。

学生服姿のぼくが店内をウロウロしたところで、誰も咎め立てる人なんていやしない。みんなそれぞれに玉を弾くのに夢中で、他人への気遣いなど、ここでは、まさに無用の長物だと言わんばかりに……。

うちのおやじさんは何処だ……。

いた。

煙草をはすにくわえ、足を組んで、有線の演歌に合わせて、フンフンと体でリズムを取りながら、一心に玉の行方を目で追っている。

こんなに生き生きとした父の顔を見るのは、随分久しぶりだ。家ではついぞお目にかかれない若やいだ父の姿に、つられてこちらの方まで、何となく晴れやかな気分になってくるから不思議だ。

ぼくはそっと父の後ろに立ち、暫しその奮戦ぶりを見つめていた。

と、受皿からいくつかの玉がこぼれ落ちた。

反射的に、父の左手とぼくの右手とが重なる。

「お前、何やってんだ、こんな所で」

「そっちこそ、会社、どうしたんだよー」

返答に窮した父は、苦りきった表情で、すっと視線を逸した。そして、乱暴にぼくの手から玉を奪い取ると、代わりに、ズボンのポケットを探って掴み出した五百円玉を一枚くれた。

「コーヒー、買ってこい」

妙に胸がドキドキした。

いっきに、はるかな時間の隔りを、飛び越えられるような気がした。

周囲を見渡し、景品を並べてあるカウンターの横に、自動販売機を見つけた。

銘柄やサイズなど、そんなこと、どうでもよかった。

一刻も早く父の元へ戻り、今すぐにその懐へ飛び込むための糸口を、何としてでも見出したかった。

父の左後方に立ち、よく冷えた缶コーヒーをすする。

「こら、俺の分はどうした?」

「エッ、飲むの?」

コーヒーを受け取るべく差し出された左手は空を切り、そのままぼくの尻へとんできた。

「馬鹿野郎、決まってるだろうが。いい、そいつをよこせ」

飲みかけのぼくのコーヒーは、有無を言わさぬ強引さで横取りされてしまった。

「どうした、自分の分、買ってこないのか?」

「うん。もういい」

「突っ立ってねえで、ここへ座れ」

缶コーヒーを飲み干した父は、そう言いながら、ポンポンと丸い椅子を叩いた。

「お前、学校の方はうまくいってるのか？　高校に入ったんだ、勉強もだいぶ難しくなってきただろう」

「うん……」

「何が得意だ？」

「別に……」

父の吐き出す薄紫の煙は、必然的に、すぐ隣にいるぼくの鼻の中へも侵入し、苦々しい流れが、確実に喉の奥を支配していく。

「煙草、おいしいの？」

「うん？　ほれ、吸ってみるか」

あまりにも気安く吸いさしの煙草を目の前に差し出され、拍子抜けするというよりも、むしろ、どう対処すれば良いものか、とっさには考えも及ばずに、ぼくはうろたえてしまっていた。

素直に受け取りはしたものの、鼻先へ運んだだけでもう煙にむせてしまい、かなり派手に咳込んだ。

「バカ、十年早いんだよ」

すぐに父の唇へ逆戻り。

胸の中で、何か熱いものがうごめいている。

表へ出ようとして、必死にもがいている。

そんな悶々とするぼくの気持ちの、本音の部分を知ってか知らずか、父は相変わらず、しごく単純に思える大人の玩具と格闘しているばかりで、心待ちにする次の言葉は、仲々発してはもらえなかった。

父の目。

一心に、パチンコ玉の行方を追い続ける、充血した赤い目。

でも、その目は、本当はパチンコ玉なんて見ていやしない。

何も見ていない。

ただ、何となく父の目が、何か言いたそうにしている。

心深くにある言葉を映し出そうとして、それをこのぼくに読み取ってもらいたくて、何も言わずに、ただ黙々と玉を弾き続けているのだろうか。

だけど、例えどんなに強い血の絆で結ばれた親子といえども、相手の心の中まで見通すことなんて不可能だ。やっぱり言葉で伝えてもらわなければ判らないよ。

お父さん、何か話してよ……。

「……おい、今、何時頃だ？」

ふいに、父の顔がぼくの方へ向けられ、瞬間的に目と目が合った。

下がり気味の目尻に、父のやさしさがにじんでいる。

「……四時…四時五十分だよ……」

言葉が……、言葉がうまく出てこない。

父と話したいことが山程あったはずなのに、それが実際、いざとなると、喉の奥の所でグッと詰ってしまって、言葉という形になる前に、唾と一緒に流れ落ちていく。

気持ちばかりが先走り、肝心の具体的な言葉というものが、一向に頭に浮かんでこないのだ。

どうしたんだよ。

さあ、話せよ。

さあ……。

父の目が、顔が、次第に色を失っていく。

そして、返っていく。元の場所へと、昨日へと返っていく。

知らぬ間に、ぼくは両手で、ズボンの腿の辺りを力の限り固く握りしめていた。

自分から話しかけてよ、などと父をなじる資格なんて、ぼくにはない。

自らが同じ過ちを犯している。

でも、一体何故話せないのだろう……。

畜生！

「……先に帰ってろ。お母さんが心配するぞ」

父はもうぼくの方を見てはくれなかった。

言われるままに、ぼくは席を立った。

立ち上がる際に、何とはなしに見た父の髪の毛の薄さが、やけに印象に残る。理由もなく妙に腹立たしい気分になった。

俯き加減で通路を歩きながら、ぼくは、小さい声で一言だけ、「お父さん」と呟いてみた。

何をダサイことをやっているんだ、と自分自身を毒づく心の裏で、

（お父さん、ぼく、これから先どうすればいいの、どう生きたらいいの、教えてよ……）

そう真剣に訴えかけているもう一人の自分が、そこにいる。

助けてくれと、大声で叫びたい。

この世にたった一つの、自分という個の存在を、誰かに気づいて欲しい。

胸の奥の苦しみを知ってもらいたい。

店の外へ出る前に、ドアの所でぼくは振り返り、もう一度父の姿を確認する。

大勢の客の中の一人。

そこら辺り何処にでもいそうな、くたびれた中年のおじさん。

だけど、ただひとりの人。

ぼくの内に潜む幼子が一人、今駈け出して、父の大きな背中へむしゃぶりついていくのが見える。

甘えたい。

本当はおやじに甘えたいんだ……。

淡い幻影が、ひとしお立籠める紫煙の渦にかき消された時、ぼくは、ゆっくりと外へ出た。

勉強か……。

手にした数学の教科書をパラパラとめくり、深いため息をもらす。次に、現在授業で学習中の箇所を開き、ノートを準備する。ついでに参考書もだ。

こうして一応の臨戦態勢を整えておいてから、おもむろに腕組みをし、ぼくは暫し瞑想にふける。

時折チラッと演習問題を見つめ、また一つため息をつく。

正にお手上げの状態だ。日本語で解説がしてあるというのに、ぼくにはまるで理解できない。少しも観点が定まらず、黒々とした無数の文字が、ことごとく、ぼくの視線をはね返していく。

次第に、切実な逃避願望に苛まれていくようになる。

じっと椅子に座り続けることすら苦痛となってきた。

無意味な貧乏揺すりが始まり、程なく視線が宙を舞う。

ふと気づくと、無意識の内に、右手を股間へ伸ばしていたらしく、充分に固くなりつつあったシンボルが、あたかも何かを訴えたいかの如く、しきりに首を振っている。ぼくは、窮屈なブリーフから奴を摑み出し、自由に暴れさせてやる。そして、更にきつく扱き立ててやりながら、自らも甘い恍惚境へと浸っていく。

クソッ！　原田の野郎！

普段ならば、雑誌にある男女のいかがわしい痴態を自慰行為の対象とするところだが、今日に限っては何故か、あいつの姿を思い浮かべていた。夢想の世界の中で、ぼくが原田を弄んでいるのだ。感情の赴くままに、奴を殴り蹴り続け、身も心も熱く酔痴れていく。

肉体のあちこちから血を流し、抵抗する力も失せた原田は、地面に大の字となって横たわる。それを、獲物を前にして舌舐りを楽しむ獣と相通じる残忍な目で、じっと見下ろすぼくの股間の一物は、毒々しいまでにいきり立つ。涎をたらし、獲物を味わう瞬間を、今か今かと待ちわびているのだ。

狩人の最後の標的が決まった。

不適な笑みを口元に漂わせ、ためらう間ももどかしく、大きく振り上げた右足を、力任せに原田の急所へと叩き付ける。

「ギャー……」

断末魔の叫び声を耳に心地好く捉えた刹那、ぼく自身もめくるめく絶頂の時を迎えていた。


季節の変わり目とでも言うのだろうか、連休明けの月曜日、ぼくは、朝起きた時から鼻水が出やすく、何だか体がだるくて、おまけに、少し熱もあるみたいだった。

授業が開始される頃には、かなり咳込むようにもなっていて、そんな不安な状況の中で、迎えた三時間目は数学。担当は、言わずもがな、仇敵原田だ。

受験最重点課目であるだけに、皆ピリピリしている。ピーンと張り詰めた緊張感に教室全体が静まり返り、部外者であるはずのぼくにさえ、多数論理の連帯の輪は、例外を認めずに、その締付けを強制してくる。

周囲を見渡せば、四十人それぞれの顔の表情が、段々と一つになっていくのがよく判る。てんでばらばらの人間の集まりには違いないのだが、授業が進むにつれて、集団が、やがて個になっていく。

同じ目的、同じ栄光。

息遣いまでもが重なり合う。

揺るぎない団結の道行きに、同行することすら叶わぬ非力な者は、ただひたすらに息を殺すほかない。

せめて授業進行の妨げだけにはなりたくないと、そのことを毎日の責務として自らに課してきたが、どうにも今日ばかりは無理みたいだ。

止めなければ、と力めば力む程に、余計息苦しくなってしまい、かえって、大きな咳がもれてしまうのだ。

ぼくは心底焦った。

口を押え、何とか咳を堪えようと努力したが、やはり駄目だ。

どうしても止められない。

こうなったら、とにかく原田に許可を求めて、保健室へ行かせてもらうしか、方法がないよ。

そう決心した時だった。

「うるさい！　落ちこぼれなら落ちこぼれらしく、おとなしくしてろ。授業の邪魔だ！」

原田の怒号が教室中に轟き、無残な反響が両の耳を通り越して、直接心臓に突き刺さった瞬間、目の前から教壇が消えた。

怒り？

いや違う。

ぼくにはもう逆らえない。

心が、感情が、消え失せていく。

原田の顔が、光りとは全く異なる性質の鈍いきらめきを放つ、もう一つの太陽に見えてくる。

この人は神様なんだと思う。

支配者なんだと……。

ぼくは絶対服従の奴隷だ。

「そこに立て！　立ってクラスのみんなに謝れ。うるさくしてすみません、と謝れ！」

足が極めて素直に、原田の命令に反応していく。

立ち上がり、教室の中央を目標点として、ぼくは深く頭を下げた。

「うるさくしてすみませんでした」

スラスラと言葉が出てくる。

羞恥心も何も感じなかった。

それどころか、不思議なことに、心の内は妙に平静だったのだ。

クラス中の誰一人として、注目する者などいやしなかった。皆ごく平然と、教科書に視線を落としている。

いや、ただ一人……。

教壇に立つ原田の、異常とも思える程の喜悦の表情だけが、強く脳裏に焼き付いた。

「先生、すみません、保健室へ行かせて下さい」

また頭を下げた。

「よし、行ってよろしい」

椅子をそっと前へずらして、机の下へしまいこみ、ぼくは、ゆっくりと教室の外へ出て行く。

多分二度と戻ることはない、ぼくの座席。

椅子取りゲームではないけれど、空いた座席には、どうせまたすぐに、その隙間を埋め合わせるための、別の誰かが座ることになるだけの話だ。

ぼくのスペアなどいくらでもいるのだから……。

コンクリートの海。

深く潜み、暗闇に蠢く深海魚の群れ達よ。

ぼくはもう陸へ上がるよ。

明るい所へ行きたい。

血の通った人間の世界へ帰りたい。


「もしもし、一年一組の長友利昭ですけど、昨夜から風邪で熱が高くて、これから病院へ行きますので、とりあえず今日と明日は休ませて下さい。はい、お願いします」

自宅から歩いて五分の距離にある、都営アパートの敷地の中の公衆電話。

生まれて初めてかけた、エスケープの電話。

前歴がある訳でもないので、事務の女の人も快く受け付けてくれた。

電話ボックスから出ると、ぼくは空を見上げて、大きく背伸びをした。

無限に広がる雲一つない青空と同じような爽快感が、全身を包んでいる。

これから何処へ行こうか？

ぼくは自由だ。

学校へ行かなくていい……、原田の顔を見なくて済むのだ。

ああ何と魅惑的な事実なのだろうか……。

アパートのベランダに、色とりどりの洗濯物の花が咲き始めようとしている。初夏の陽の光りに照らし出されて、木々の緑が目に眩しい。

人々の一日の生活の始まり。

ぼく自身の新たな青春航海のスタート。

小さな公園の赤茶けたブランコに、ぼくは、のんびりと腰を下ろす。

キイキイと鈍い音を発しながら、少しずつ風を切っていく。

ふっと、考えた。

ぼくの人生って、一体どんな価値があるのかな……。

小学校はともかくとして、中学校へ入った頃からかな、変にギクシャクし始めたのは。入学式の翌日にはもう実力テストがあって、その成績でクラスが振り分けられた。一応表向きには、成績順によるクラス編成ではないとされているが、そんなのバレバレだよな。ある特定のクラスに、優秀な奴らが集中していたもの。

偏差値という名の得体の知れないお化けが出現し、ふいにぼくらの背後から襲いかかり、しばしば首を締めるようになってきた。

中間や期末テストの点数の上下に一喜一憂し、ある一定のラインを突破した者には、一ランク上のクラスへの昇進が、その特権として与えられた。

そんな中で、ぼくも中学までは、何とか二番手のクラスに属する地位を保っていたのだが、高校へ入ってから、何故か急に、ペースダウンしてしまったのだ。

全く判らないこともないのだが、物事を理解するのに、他人の倍はかかるのだ。じっくり時間をかけて挑戦すれば、何とか問題を解けるのに、ようやく判った頃には、肝心の授業の方は、既に次の問題へと進んでしまっている始末。

やっぱり要領が悪いのかな……。

ふと我に返ると、ブランコの鉄柱の横に、小さな男の子が一人ぽつんと立っていた。

一台きりのブランコ。

黄色のトレーナーにパンダのプリントが可愛い、ちっちゃな後輩。これからこいつも、ぼくが通過してきたのと同じ非情な戦場へと、旅立って行くのだろうか……。

でも、見たところ、頭の良さそうな顔つきをしているから、ぼくとは大違いかもな。

「ゴメンな。今、降りるから」

男の子の頭を軽く撫でてから、ぼくは公園を離れた。

足は自然と、通い慣れた駅までの道のりを進んで行く。郵便局の寮、流川神社、スーパーマーケット、裏道にある有名な漫画家の家、ＫＤＤの寮、そして駅へと抜けて行く。

でも、今日は定期は使わない。

久しぶりにバスへ乗りたいんだ。

通勤通学のラッシュ時期をとうに過ぎてしまったせいか、まだ二店並んだ大手のデパートも開店していないし、駅前広場はひっそりと静まり返っている。

売店の横の自動券売機で、最高区間の切符を買い、市内を一巡するバスへ乗り込む。

一番奥の座席へ座った。

窓を開け放ち、光りと風とを、じかに頰で受けとめる。

何となくピクニック気分だな。

薬局の店先で、白衣を着た中年の女の人が、トイレットペーパーや洗剤、それに、赤ちゃん用の紙オムツを並べている。

すぐ傍では、背広にネクタイ姿のビジネスマンが、栄養ドリンクを飲んでいた。

人々の暮らし。

あの叔父さんは、これから出勤するのだろうか？　ドリンクを飲みながら、ネクタイを緩め、顔をしかめていたけど、仕事で疲れているのかな。

自転車をびゅんびゅん飛ばして行く、男子高校生。風圧で髪の毛がくしゃくしゃになっている。とうに遅刻だろうな。でも、そんなに急がなくてもいいのに、まだまだこれから先は長いのだから……。

郊外へ出ると、まだまだ田んぼや空地が目につく。

右前方に、大きな石材屋さんが見えてきた。

墓石に混じって、何故だか判らないけど、真っ赤な風船が一つ、石と石との間からちょこんと顔をのぞかせていたのが、やけに鮮烈な印象として心に刻まれた。

風になびきフワフワと揺れていた赤。

その赤が、今にも、固い灰色の集団に取り囲まれて押し潰されてしまいそうで、理由もなく胸が痛んだ。

自由な大空へ飛んで行きたくとも、両手両足をがんじがらめに縛り付けられていたのでは、どうにもならないよな……。

自由。

ぼくは、今、自由？

何処へでも好きな所へ飛んで行ける……。

学校をさぼって、こうしてバスに乗っていることが、本物の自由……。

止めよう。余計なことは考えたくない。

今は、あくまでも今であって、暗い過去とも、不透明な未来とも違う。かけがえのない今を享受し、それを積み重ねて、現実とすればいい。

造園業の看板と、歯科医院のクリーム色の建物。そして、バスの終点。

南へ行けば、ゴルフ場。東は墓地。西には、造成作業の終了したばかりの新興住宅地。

どっちへ行こうか……。

白と青のストライプ模様の車体を見送りながら、ぺしゃんこの学生鞄を左右に振ってみる。カタカタと軽い反応を返してきたのは、今日の昼の弁当。サンドイッチだ。

先程の墓石の印象が強かったせいか、足の方は何ら迷うことなく、東を目指して進んで行く。

思いの外距離があり、やっと辿り着いた墓地は、意外に狭い。

山を切り開いて造っているためか、敷地の広さが不足しており、その分を高さで補おうと、段々畑みたいに重なり合うようにして、お墓が建ち並んでいる。

死者の眠る家。

どこまでも澄みきった青空とは対照的に、そこには、永く重苦しい歳月の営みが秘められている。

様々な名前のお墓を見て歩く内に、墓地の一番北側の外れに、ちょっとした草むらを見つけたので、ぼくはそこへ座り込んだ。

草の上にじかに座るなんて、ホント久しぶりだな。いつも尻をのっけているのは、電車の座席、学校の椅子、自分んちの椅子、みんな作り物だもんな。こうやって自然の物に直接触れるのって、何となく、いいよね。

さほど差し迫ったものではなかったが、やや空腹感を覚えていたので、ここで弁当を開くことにした。

水色のタッパーウエアに、サンドイッチが詰められている。彩りに、パセリとさくらんぼが添えてあった。

最初に手に取ったのはシーチキンのやつで、次のは、ゆで卵を刻んでマヨネーズであえたものだった。三番目のには、ポテトサラダが入っていた。

どれも皆、ぼくの大好物ばかりだ。

母の気配り。愛情。

そして、その向こうに、父の働く姿が見えてくる。

父と母。

ぼくみたいな馬鹿な子供を持って、二人とも大変だよな……。成績優秀な子供だったら、いくらでも親孝行してもらえたのに、こんな落ちこぼれ野郎じゃあ、駄目だもんね……。

ふいに鼻の奥がツーンとしてきて、じんわりとした熱い涙が、ひとすじ頬を伝って流れ落ちた。

やっぱりお前は要領の悪い奴だよ。

こんな所で一人泣いてみたところで、何にもならねえじゃねえかよ。どうせ泣くなら……、どうせ泣くなら、おやじの腕の中で泣きたかったよ。

戻りたい。

ガキんちょの頃に戻りたい。

そうして、思いっきり、おやじの胸へむしゃぶりついていきたい。

膝をかかえて体を丸くし、ぼくは泣いた。

勉強ができないから悲しいんじゃない。

人間として、世界中にたった一人きりの自分としての個を生かせないことが、そのことが、悲しい。

生きたい。

明日を歩きたい。

この日、ぼくは何度となく、各方面行きのバスを乗り継いで、時間をやり過ごした。

そして、普段の帰宅時間の頃合を考えて、家へ帰った。

変に落ち着かなかった。

恒に誰かに見張られているような気がしてならず、自室のドアの外で物音がする度に、心臓が高鳴るのだった。

もしかして、学校から、そう原田の奴から、家に電話がかかってくるのかもしれない……。

どうしよう。

一体何と言って、取り繕えばいいのだろう……。

学校から逃げ、親からも逃げて、これからぼくは何処へ行けばいいのか……。


満員電車の人の波。

三日目、新宿の映画館で夕方までの時間を潰し、ぼくは帰途についていた。

会社帰りの叔父さん達で車内は大混雑。ドアにぴったりと張り付いた格好のままで、ぼくは運ばれて行く。

沿線の家々。

闇に浮かぶオレンジ色のブイ。

あの灯の下に家庭がある。それぞれ独自の幸福がある。

どんな形の生活があるのか、ぼくは知りたい。

ぼくだけの苦しみなのか、それとも、他にも大勢の仲間達が、同様に悩み苦しんでいるのか。

ぼくは心底知りたいと願う。

大人も子供も皆、ただ平気そうな顔をしているだけなのか。そして、みんながそれぞれに、重い荷物を背負って生きているのだろうか。

ぼくは知りたい。

生きる証を知りたい。

武蔵小金井駅。

ぼくの住む街、東京都小金井市。

結局は家に帰るしかないよ。

行く所など何処にもありはしない。

歩き慣れた駅の古びたコンクリートの階段を、一歩ずつ踏みしめるようにして、ゆっくりと上って行く。そう、急ぐ必要など、まるでないのだから。
陸橋の通路上での人の融和。
その雑多な人間の集団の中に、ぼくは見た。
父の顔。
一瞬、目と目が合った。
向こうもぼくの顔をじっと見つめている。
心臓を錐で突かれたかのような鋭い痛みが走った。
呼吸の乱れ。
父はぼくの顔をまっすぐに見つめ、そしてごく自然に、笑顔を返してくれた。
体中を突き抜けていく、恐ろしい程の罪悪感。
体が先に動いていた。
ぼくは走った。ただがむしゃらに駈け出していた。
「オイ、待て……」
父の呼ぶ声が、背中で悲しく響いた。

先を行く人々を乱暴に押しのけて、ぼくは改札口から飛び出した。

横断歩道の信号も無視し、ぼくは懸命に走った。

もう逢えない。

父の顔をまともに見ることができない。

ぼくを見つけた時の、他意のない嬉しそうな父の笑顔にふれた瞬間、自らが今犯している行為の愚劣さを知り、顔から火が出るぐらいに恥ずかしかった。

闇雲に走り続けたが、元来長距離走の苦手なぼくの逃走は、そう長くは続くはずもなく、駅と自宅との中間地点に位置する、流川神社の境内へ逃げ込むのがやっとだった。

ゼーゼーと激しく息がきれ、小さな鳥居の柱にもたれて、呼吸を整えようとした矢先……

いきなり左腕を誰かに摑まれた。

「お前、何で逃げたんだ」

父の顔がそこにあった。

「ワァー！」

獣じみた大声を張り上げ、ぼくは必死になって、父の腕を振りほどこうとしてもがいた。

「どうしたんだ、何で俺から逃げるんだ！」

父も強い力で、ぼくの動きを制止する。

腰を低くして腕を全力で引っ張り、足で何度も父の太ももを強く蹴った。

それでもまだ父は離してくれなかった。

「ぼうず、俺から逃げるなー！」

父の叫びに、ぼくはもう逆らえなかった。

急に全身の力が抜け落ち、手も足も、これっぽっちも動かなくなってしまった。

同時に父も力を失った。

その反動で、ぼくの体は、バランスをくずしつつ、やや前方へ倒れた。

父の手が差し伸べられ、ぼくを抱き起こしてくれた。そして、制服のズボンの汚れを、バンバンと力任せに右手で払ってくれた。

真正面から父と向き合う形で立っていた。

父は真っすぐに、ぼくの顔を見つめてくれている。

逆に、今度はぼくの視線が父の顔を避けて、肩の辺りを漂っている。

「馬鹿野郎！……お母さんから聞いたぞ。だがな、たかが学校さぼったぐらいで、何でてめぇのおやじからコソコソ逃げなくちゃいけねぇんだ。え、言ってみろ！」

真剣で威厳のある父の言葉に、身の竦む思いがした。手足がブルブル震え、直更父の顔を見ることができない。

父の足元を見つめ、固く拳を握っていた。

「俺の目を見て、本当のことを話せ！」

父の両手がぼくの肩をギュッと摑み、徐々に指先に力がこめられていく。

「……お父さん……、お父さん、ぼく、死ぬ……」

ふっと、肩にのせられていた父の手が離れた。

「お父さん、ぼく、死ぬ。生きていく価値のない人間だから……、勉強も何もできない最低の落ちこぼれだから……、人間の屑だから……」

初めて父の顔をちゃんと見て話した。

父の顔が僅かに歪んだ。

唇を固く結んだ父の、ぼくの目を真っすぐに見つめ続ける父の、その瞳から涙がこぼれた。

生まれて初めて見る父の涙。

何故泣くのだろう、父は……。

ぼくが死ぬと言ったから？

ぼくのために涙を……。

「……判った。だったら、俺もお前と一緒に死ぬ」

「………」

「俺の大事な息子をこんな目に遭わせやがって……、今の世の中、一体全体どうなっちまっていやがる……」

天を仰ぎ、涙をポロポロ流す父の姿を目の当たりにして、ぼくは、ぼくは……。

父は、普段何も言ってくれないけど、何一つ態度には表わしてはくれないけど、紛れもなく、ぼくのことを愛してくれていたのだ。

胸をかきむしられるような痛み。

自分自身をぶん殴りたかった。

この人こそ、ただひとりの人。

「……お父さん……、お父さん……」

大粒の涙が止めどなく溢れてくる。

体ごと父の胸へぶつかっていった。

暖かくガッチリ固い父の胸板。

「あんぽんたん。何で俺に相談しねえんだよ。男同士だろう。同じもんぶら下げてるじゃねえか」

そう言いながら、父は、ぼくの股間のものを軽く摑んだ。

父の温もり。父の匂い。

柔らかくはないけど、とてもやさしい。

父の腕がグイグイとぼくの体を抱き寄せ、髭でザラザラした頰が、鼻の頭を擦っていく。

「勉強が何だ、学校が何だ、そんなもん、クソっくらえだ！……死なせない、お前を絶対に死なせない！……死なんでくれ、ぼうず。俺はお前と一緒に酒が飲みてえんだ。お前が二十歳になったら、二人で飲むぞ。誰が、俺の可愛い息子を死なせてたまるか！」

返っていく。

父の腕の中で眠る幼子の昔へと返っていく。

魂のやすらぎ。

体中から余分な力がすべて抜け落ちていく。

背中へ回された父の腕が、やや緩められ、指先でトントンと合図を送ってくる。

「ぼうず、少し話しをしような」

父の右腕がぼくの肩を抱き、歩こう、と促す。

境内の石畳を、父と二人、体を寄せ合い、少しずつ歩いて行く。

父の肌の温もりが、じかにこの身に伝わり、心の奥にまで深い至福の時をもたらす。

賽銭箱を置いてある石段に並んで座った。

「ぼうず、お前、さっき、自分のことを人間の屑だって言ったな。それは本心か？　勉強ができないからか、だから、屑なのか？」

父の問いかけに、ぼくはただ黙って肯くしかなかった。

「あんぽんたん！」

頭上に父の拳固が炸裂した。

猛烈に痛かった。

心にしみた。

「この大馬鹿野郎！　二度と自分のことを屑だなんてぬかしやがったら、いいか、ただじゃすまねえぞ。足腰が立たなくなるぐれえぶん殴るからな」

月明りに照らし出された父の顔には、怒りとも悲しみともつかぬ複雑な感情が交錯する。

「なあ、ぼうず。人間の命とか人間の価値とかは、お前が考えている程そんな単純なものじゃないぞ。勉強ができないからって、何で死ななきゃならねえんだよ。お前の人生、まだこれからだぞ」

首筋に父の毛深い腕がからんできて、ぼくの体を、ぐっと自分の方へ引き寄せた。

「お父さん、でもね、現実には学校の成績がすべてなんだよ。勉強ができないと、どうにも身動きがとれないんだ。進学も就職も制限されてしまうんだから。ぼくみたいなのは駄目なんだ。三流の落ちこぼれの人生しか歩けない。そう決まってるんだ」

「チンポに毛の生えたばかりのガキのくせしやがって、知った風な口をきくんじゃねえ！　人生には、人それぞれ色んな道があるんだぞ。俺には俺の道、お前にはお前の道がちゃんとあるんだ。それにな、ぼうず、俺だって、お前と同じ、お前の言う落ちこぼれってやつだぞ、きっと」

「お父さん……」

「会社に同期で入った奴らは、ほとんどが配置転換でいい所へ行っちまいやがった。いつまでも現場でシコシコやってんのは、この俺ぐらいのもんだぜ。てめえで言うのも何だが、要領が悪いからな、俺は……」

父の飾らない、男としての本音の言葉。

右の拳で左の掌を打ち据えた父の横顔に、微かに暗い影がよぎった。

「ぼうず、俺だってなー、本当のことを言うと、お前みたいに死にたいって思ったこと、何度もあるぞ」

「えっ、本当？」

「ああ。今でもあるぞ……」

「そんなの……うそでしょう？」

「いや、うそじゃねえ。仕事なんてちっとも面白くねえし、ドロドロした人間関係にも疲れちまってな……。いっそのこと、死んじまおうか、って……」

父の口から発せられていく言葉の一つ一つに、ぼくの心はグイグイ引き付けられていく。思いもよらなかった、父の本心。

結局はぼくも、父の内面を全然理解していなかったことに、今初めて気がついた。外見でしか、上っ面だけでしか父を判断していなかったのだ。

「だが、俺は死ななかった。いや、正確には、死ねなかった。死ぬのが怖かったからだ。それに、俺が勝手に死ぬのは自由でも、あとに残されるお前やお母さんはどうなる？　第一、さっきも言ったが、お前と一緒に酒飲みてえもんな！」

そう言いながら、父は指先でぼくの髪の毛をくしゃくしゃにかき乱し、ぼくのことを再び強く抱き寄せた。

「ぼうず、絶対に死なせねえぞ。学校なんか辞めたければ、いつだって辞めちまえばいい。お前の生きる道は他にもいくらだってあるはずだぞ。それを見つけるための手助けなら、俺はどんなことだってする。な、だから、絶対に死ぬな」

「お父さん……お父さん……」

お父さん。

その言葉だけを、ぼくは繰り返していた。

父の腕に抱かれて泣きじゃくりながら、ぼくの中で、確かに一つの時代が終わりを告げようとしていた。

学校、テスト、偏差値、……。

偏狭な鉄格子の檻の中での戦いには敗れたけれど、ぼく自身の人生を賭けての本物の戦いは、今ここから始まるのかもしれない。

ぼくは死なない。

父の言うもっと別の生き方を求めてみたい。

「さぁ、ぼうず、そろそろ家へ帰るか」

「うん」

流川神社の境内を離れ、ぼくらは家路を辿る。

途中、酒屋の前の自動販売機で、父は缶ビールを買った。ぼくはコーラを。

「おい、お前も少し飲んでみろ」

半分程空になった缶ビールを、父はぼくの唇に直接持ってくると、自らの手をそのまま傾けて、無理矢理ぼくに飲ませた。

「ウヘッ、苦い……」

その苦みに耐えきれず、ぼくはすぐに吐き出してしまった。

「やっぱりまだ駄目か……。俺の倅なら、飲んべえの素質は充分にあると思ったがな」

父は楽しげにそう呟くと、残りのビールをいっきに飲み干した。

路面に伸びる二つの影。

踏みしめる足音も二つ。

父と子。

大人も子供も皆、あまりに先を急ぎ過ぎて、すぐ傍にある一番大切なものを見失ってしまっている。

ぼくには、父の背中越しに、新しい明日が見えてきた。

国道に出る手前の工事現場に差しかかった時、急に父が立ち止まった。

「おい、ぼうず、小便して行こう」

「エー、ここで？」

「ああ構やしねえよ」

二人並んで、大きく掘り起こされた穴の底を目がけて、勢いよく小便を飛ばした。

父子で連れションだ！

「ぼうず、この心境だぞ。これだ。いいな」

「うん」

用足しを終えて、道路へ出てきたぼくらの前に、目映ゆいばかりの光りの海が広がる。

風を切り裂きながら激しく行き交う車のヘッドライトの一瞬の眩惑の中で、隣に立つ父の横顔が、いつしか、鏡に写るぼく自身のものへと転じているのに気づいた。

逆光線 Ⅱ

～絆～

空の青さって、ホント、人の心を奪い去る程きれいだよな。

都営アパートの建ち並ぶ敷地の、頂度中央部付近に公園があった。公園といっても、古ぼけたブランコと砂場と、木製のベンチが置いてあるだけの代物だったが、日向ぼっこがてら、午後からの一時間程は、毎日のように通っていた。

子供の姿はあまり見かけず、結構ぼく一人というケースが多かった。何もせずにただボーッと、太陽の陽射しを浴びながら、その柔らかな暖かさに抱かれているのが好きだった。

ん？

誰かが近づいてくる。

雑草を踏みしめる足音が、目を閉じて全身を太陽へ晒していた、ぼくの耳元で聞こえる。

どうやら、同じベンチに腰かけたようだ。

鞄を置く音。続いて、何か紙袋のようなものを、ゴソゴソと取り出している音。

パチンとビニール袋を破る音が、妙に軽快な響きを伴って、周囲の空気を震わせた。

それに反応して、ついぼくも目を開けてしまった。自然に、視線は、音の発生源を示す方向へと引き付けられていく。

その主は、今まさに、丸いパンにかぶりつこうかという瞬間だった。

白いワイシャツに紺色のネクタイ。グレーの背広の上着は、ベンチの上に置いてあった。

口にパンを頬張ったまま、ニッコリと笑い、訝し気な視線を投げかけるぼくに、その人は、軽く会釈をした。

つられてぼくも、頭を下げた。

「食べるかい？」

紙袋からもう一つパンを取り出すと、そう言って、ぼくの方へ差し出した。

わずかばかりのためらいよりも、敏感な食欲の方が遥かに勝っていた。そして何より、先程の他意のない笑顔に、ぼくの胸にあった警戒心も、すぐに消え去っていた。

素直に右手を伸ばし、パンを受け取った。

「ありがとうございます」

「……ございますか、今時の子にしちゃあ、珍しく丁寧だな。あ、ゴメンゴメン、変なこと言って」

曖昧に、ぼくは笑ってみせた。

もらったパンは、いちごのジャムパンだった。

二つに割って、ぼくはまず片方を、丸ごと口の中へ押し込んだ。何となく懐しい甘さが、舌先をくすぐる。

「この近くに住んでるの？」

「はい。すぐそこにあるアパートに住んでいます」

「失礼だけど、まだ高校生ぐらいにしか見えないけど……、まさか一人で住んでるの？」

「エッ……、まあ。でも、ぼくは、もう高校生じゃありません。だから……」

高校生じゃありません。

無意識の内に、その言葉の語気だけが、やや荒くなっていたようだった。

自分の内側に潜む、惨めったらしい負け犬のこだわり。

「ゴメン。気に障るようなこときいて」

ぼくは無言のまま、ただジャムパンを食べ続けた。

「人には実際色んなことがあるよな。自分は一体何のために生きているのか、たまに判らなくなる時があるよ……」

そう独り言みたいに、低く呟いたあとで、その人は、缶ジュースのプルトップを押し上げた。

そして、一口飲んだだけで、ぼくの方へ差し出した。

他人が口をつけた物。

いや、逆に、自分が口をつけた物を、平気で他人へ与える気安さ。そのことが、ぼくの気持ちをやさしくした。

手渡されたジュースを、遠慮なく口に含んだ。

残りも全部飲み干そうとしたが……。

「ワルイ。それ一本きりなんだ」

今度は、何も持たない空の手が伸びてきた。

再び一口飲んだあとで、またぼくの方へ返してきた。

一本のジュースを、二人で回し飲みしている内に、ぼくの中に、ある種奇妙な感情が芽ばえてきていた。

この人と友達になる。

自分でも信じられなかった。

たった今、初めて出会ったばかりの見ず知らずの人。しかも、友達どころか、相手はどうみても、自分達の父親の年令に相応しい世代の人だ。

だが、その思いは、単なる気まぐれや勘違いでは片づけられぬ、確かな強さを持って、半ば強制的に、ぼくの心に命じていた。

何なのだろうか？　このおじさんに対する、ぼくの胸の熱さは……。

最後にぼくが飲み終えたジュースの空き缶を、コトンとベンチに置いたのと同時に、おじさんが口を開いた。

「ちょっと君の部屋にお邪魔させてもらってもいいかい？　一休みさせて欲しいんだ。営業の仕事でずっと歩き回っていて、どうにも足が疲れちまった……」

「ええ、構わないですよ。狭い部屋ですけど、よければ、どうぞ」

「そう。ありがとう、助かるよ」

ぼくはすぐに立ち上がり、そのまま歩き出そうとした。

「コラ。空き缶はちゃんとゴミ箱に捨てなきゃ駄目だぞ」

黒のぶ厚い鞄を、左手に持ったおじさんは、ぼくが置いたままにしていこうとした空き缶を手に取ると、近くにあったゴミ箱へ捨てに行った。

「すみません」

バツの悪そうに立ちつくすぼくの尻を、軽くポンと叩くと、

「減点一だぞ」

と言って、とても楽しそうに笑った。

公園からぼくの住むアパートまでは、ほんの五分程度の距離だ。

二階へ上がる階段を打つ足音の響きも、今日は二つ並んでいる。

初めて感じる音。それは、一人きりの東京暮らしでの自衛手段として、はからずも武装した鉛色の心を、一つ一つ、穏やかで明るい春の色へと打ち変えていく、癒しの鐘の音。

「結構、きれいにしてるな」

部屋の中央に置いてある、食卓兼用のコタツ台の横に、おじさんは腰を下ろした。

「コーヒーでもいれましょうか？」

「ありがとう。でも、今はいいよ。それより、本当に悪いんだけど、少し横になりたいんだ。寝かせてもらってもいいかい？」

「それは構いませんけど。でも、仕事の方はもういいんですか？　時間になったら、起こしましょうか？」

「ありがとう、そうしてもらうと助かるよ。じゃあ、五時になったら起こしてもらえるかい？」

「はい。判りました」

ぼくは、押入れから布団を出して、南側の窓に面する場所へ敷いた。その方が、陽が射して気持ち良く眠れるだろうから。

ぼくが、布団を敷き終えるのを見届けてから、おじさんは服を脱ぎ始めた。ネクタイを外し、ワイシャツを脱ぎ、ズボンを脱ぎ捨て、半袖シャツとトランクスだけの姿になり、布団へ潜り込んだ。

おじさんが脱いだワイシャツとズボンを、ぼくはハンガーにかけて、カーテンレールに吊しておいた。

「ゴメン」

枕元から見下ろすぼくに、そう一言告げて、おじさんは目を閉じた。

程無くして、軽いいびきが聞こえてきた。

昼間は、周囲の部屋の住人もおらず、ことさらに静寂さを保つ、一人暮らしのぼくの部屋の中に、自分の声とテレビやラジオの音以外の音声が流れる不思議さ。

しかし、その音は、無機質な単一空間にすぎなかったぼくの部屋に、人間の生命そのものを、鮮やかに吹き込んだ。

ぼくはじっと、軽やかな寝息をたてる、おじさんの寝顔を見つめていた。

初めて真面に見るおじさんの顔は、誰かによく似ていた。知り合いの誰か？　いや違う……。

ああ、そうだ、あの人だ。テレビでよく見かける、俳優の竹脇無我という人に似ている。

生まれて初めて出会った人間に、自分の最も無防備な姿を、平気で晒すこの人は、一体何者なのだろうか……。それとも、ぼくが直感的に抱いたのと同じ思いを、目の前で寝息をたてるこの人も、ぼくに対して等しく感じてくれたのだろうか。だからこそ、こんなにも無防備でいられるのだろうか。

ただ、おじさんの安心しきった寝顔を見つめている内に、ぼく自身も、同じように安らいでいたことも、紛れもない事実だ。

大いなる時間の流れから、ぼく達二人のいる今このひと時のみが切り取られて、ここだけが全く別の空間として浮き上っていく。

いとおしさが募っていく。

ふいに、おじさんの眠る布団の中へ自分も一緒に潜り込んで、その温もりに抱かれたい衝動にかられてしまう。

何時間もの間、ぼくは本当に何もしないで、膝を抱えてただじっと、飽きもせずにおじさんの寝顔を見つめて時を過した。

幸福だった。

おじさんがそこにいるだけで、ぼくはすべてから解放された。昨日も明日も関係ない。今日、今この一瞬の安らぎこそが、ぼくがずっと待ち望んでいたものだ。

何もいらない。

この安らぎだけを求めてきた。

……………………………………

無情のベルの響き。

約束の時間にセットしておいた、目覚し時計のかん高い金属音が、今のぼくにとっては、何ら意味を持たない無用の現実に、無惨に引き戻す。

反射的にすぐに止めたが、おじさんの耳にも、むろんそれは届いたに違いない。

掛け布団がもぞもぞと動き出し、やがて、勢いよくはねのけられた。

「アー、よく寝た。元気回復だ」

手早く身仕度を整えていくおじさんの姿を横目に見ながら、むなしく移ろう時間の経過に比例して、ぼくの心は熱を失くしていく。

この人と離れたくない。

この人の温もりにずっと包まれていたい。

「ありがとう。すっかり疲れがとれたよ。また……」

ぼくの顔を真っすぐに見つめ、別離の言葉を告げようとするおじさんと対峙した時、ごく自然に目頭が熱くなり、涙がこぼれた。

「どうしたんだい？」

言葉を発したかった。

自分の今の気持ちの何分の一かでもいいから、それを言葉にして伝えたかった。だけど、間断なく嗚咽がもれるばかりで、肝心の言葉は、形となる前に喉の奥で詰っていく。

「馬鹿野郎。男がメソメソするもんじゃないぞ」

そう言って、ぼくの髪の毛をやさしく撫でた。

「また……、また来てもいいかい、って言おうとしたんだ、さっき。また必ずくるよ。いいだろう？」

ぼくはただ黙って肯き、そして泣いた。

おじさんの腕が背中に回され、その温かな胸に、ぼくを抱いた。

「君のこと、何もきかないし、俺自身も何も言わない。ただ、一つだけ約束してくれ。絶対に死なないって。いいな。男と男の約束だぞ」

この人が何者であろうと関係ない。

どんな気持ちでぼくに接していようが、それもどうだっていい。何か目的があって、ぼくに近づいてきたのなら、それでいい。

ぼくを抱きしめてくれた腕の力強さ、そして胸の温もり。与えてくれたそれらのことだけで、もうぼくは、この命と引き換えにしたとしても、悔いはないだろう。

「じゃあ、行くよ。今度来た時、君がこの部屋にいてくれるといいけど……」

ぼくはハッとなった。

我に返り、急いで机の引出しの奥にしまっておいた部屋の合鍵を探り出し、おじさんの手に渡した。

「いいのか？……ありがとう。それじゃあ……」

玄関の扉を開け、立ち去るおじさんの背中が扉の陰に消えた時、つい先程までの束の間の出来事が、もし、ぼくの弱い心が生み出した幻影であるのならば、その虚構の世界への永久追放を切に願うのだった。

日課である銭湯通いを今夜も終えて、アパートへ帰り着いた。

フー……。

足どりも重く、何時もの鉄製の階段を登り終えて、一番奥に位置する我が塒へと歩を進めて行く。

エッ!?

一人暮らしの身にはあり得ない、羨望の灯りが、ぼくの部屋からもれている。

ドアのノブを握る手が微かに震えた。

開けた途端、大きな背中がぼくを出迎えてくれた。

扉の向う側にある小さな台所で、誰かがフライパンと格闘していた。

「よう、お帰り。ゴメン。勝手に上がらせてもらったよ」

おじさん……。

白字の大きな英語のイニシャルが描いてある、濃紺のスエットスーツを着たおじさんが、油をじゅうじゅう言わせながら、肉を焼いていた。

あの日から二日が過ぎていた。

「どうした、ボーッと突っ立ってないで、早くドアを閉めて中へ入れよ。お前の家だろう」

やさしい笑顔に、また会えた……。

夢見心地で、まるで足が地についていなかった。

部屋の中へ入ってからも、暫くは、手に銭湯用のビニール袋をぶらさげたまま立ちつくしていた。

「風呂に行ってきたんだろう？　冷蔵庫に冷たいジュースを入れといたから飲むといい。あ、それから、メシはジャーの中に入ってるみたいだったから、もう炊かなかったぞ」

言われるままに冷蔵庫を開けてみると、普段は、何も入っていなくてガランとしている庫内に、ギッシリと色々な食品が詰っていた。ジュースと一緒に、缶ビールも何本か入っている。ジュースを立ち飲みしながら、おじさんの方へ近づいて行った。おいしそうな匂いが、すきっ腹にしみた。

「何だー、髪の毛、まだこんなに濡れてるじゃないか。ちゃんと拭いとかないと、あとで風邪ひくぞ」

そう言って、自分の首にかけていたタオルを使い、両手でゴシゴシと、ぼくの髪を拭いてくれた。

「……家に帰らなくてもいいんですか？」

「子供は余計な心配しなくていいの。それより、ほら、もう晩メシの準備ができたぞ。熱い内に食おうぜ」

食卓兼用のコタツ台の上に、焼き上がったばかりのでっかい肉の塊が、フライパンごと運ばれてきた。そして、既に並べてあった、ぼくの部屋にある食器の中で一番大きな皿に、ドンとのせられた。

「ヨーシ、乾杯だ！」

おじさんは、冷蔵庫から缶ビールを取り出して、口を開け、ぼくの手にあった缶ジュースと、コチンと乾杯をした。

おじさんは喉を鳴らし、本当においしそうにビールを飲んだ。

「フー、うめえ！　一仕事を終えてからのビールが最高だ。おい、どうした？　お前に食べさせるために焼いたんだからな。冷めない内に早く食え」

いただきます、と小声で呟き、ぼくはナイフとフォークを使って、おじさんの焼いてくれたステーキを食べ始めた。

「おいしい……」

「そうか！　腕によりをかけて作ったからな。さあ、他のもじゃんじゃん食え」

数種類の料理が皿に並べてあった。

「短い時間に一人で、こんなにたくさん作ったんですか？」

「エッ、まあな……。ナンテ、自分で作ったのは、今焼いてた肉だけで、あとは、デパートの惣菜コーナーで買ってきたんだよ」

「あ、やっぱり……」

「鋭いとこ突いてくるなー」

二人して大きな声で笑い合った。

おじさんは、ビールはじゃんじゃん飲んだものの、おかずの方へは、一向に箸をつけようとしない。

「食べないんですか？」

「ああ……。いや、これは全部お前に食べさせるために用意してきたものだからな。俺は、お前が食べたあとの残りでいい。どうせビールのつまみにするんだから。そんなこと心配しなくたっていい。それよりどんどん食え。食う物はちゃんと食って栄養とらなきゃ駄目だぞ。いくら若いからと言ったって、食わなきゃもたねえぞ」

喉の奥に、グッと熱いものがこみ上げてきた。

この人は、何故こんなにも、ぼくみたいな落ちこぼれ野郎に、やさしくしてくれるのだろう……。生きる価値もないような怠け者のぼくに……。

涙をこらえるために、喉の奥を突き上げてくる切ないヤツを押しとどめるために、ぼくは、無理矢理メシを詰め込んだ。

ぼくの変化を、多分おじさんも感じとってくれたのだろう。目が直のこと、やさしくなった。

「ヨーシ、じゃあ俺も少しは腹に入れとくかな」

ぼくが箸をつけたあとの、言わば残り物を、おじさんは少しづつ食べ始めた。

台の上に並んでいた物を、粗方二人で平らげると、満足そうにおじさんは、ゴロンとその場に横になった。

「フー、食った食った。ゴメン。後片づけは任せたぞ」

「はい。任せて下さい」

「オイオイ、その、はいとかですとかは、もう止めにしろ。俺に変に気を遣う必要はないぞ。なあ、ぼうず」

ぼうず、か……。

生まれて初めて、そんな風に呼ばれた。

台所で洗い物をすませて部屋へ戻ってみると、おじさんは、軽い寝息をたてていた。ぼくは、毛布をおじさんの体にかけ、蛍光灯の灯りを消した。ＦＭの音楽を小さ目に流し、おじさんのすぐ横に腰を下ろした。

心待ちにしていた至福の時。

ぼくには過去も未来もない。今があり、この人の確かな温もりに包まれている時にだけ、一個の人間としてのぼく自身の存在そのものが、再生されていくのだ。

捨ててきた故郷、失ってしまった父性、学歴社会においては致命傷となる、高校中退の烙印。自分をがんじがらめに縛り付けている、その何もかもが、この人の胸に抱かれた瞬間に、すべて無に帰していくのを感じていた。

理由もなく、ぼくは、おじさんの背中を撫でていた。

全く無防備な自分の姿を晒け出すことは、弱さじゃない。それは、ある種違った意味での強さの証だ。

この人が何者であろうと構わない。そして、おじさんが、ぼくのことを少しも詮索しないように、ぼくもまた、おじさんのことをあれこれ知りたがるのは止めにする。

二人が今、こうしてこの場所に存在していること自体が、すべてを超えた唯一絶対の真実なのだから。

頃度、ラジオからぼくの好きな大江千里の曲が流れ始めた頃、おじさんも目を覚した。

「ウーン……、少しうとうとしたかな。今、何時だ？」

「もうすぐ十一時になります、じゃなかった、なるよ」

「アハ……、そうか。明日は少し早目に起きなきゃならないし、そろそろ布団に入って、話しでもしながら寝ようか」

「うん」

「ただし、その前に歯磨きだ。寝る前に、ちゃんと歯を磨かなきゃ駄目だぞ。お前が先に磨いてこい」

言われた通りに、台所の流しで歯を磨いた。ここには、洗面所なんて気の利いたものはない。顔を洗うのも歯を磨くのも、全部台所の流しですませる。

「磨いたよ。今度はおじさんの番」

「おお」

おじさんが歯を磨いている間に、ぼくは布団を敷いたのだが、毛布や布団をバタバタやっている内に、ぼくはふと気づいた。

人間は二人。でも、布団は一組しかないのだ……。枕だって一個しかない。

「さあ、寝るとするか。……ん、どうした、ボーッとして？　小便か、小便ならちゃんとしてこいよ」

「布団……、布団、一組しかない……」

「何だ、そんなこと、悩んでんのかよ。二人で一緒に寝ればすむことだろう？　それとも、俺と一緒じゃイヤか？」

「イヤじゃない。絶対……」

「ヨーシ、それで決まりだ。さあ、寝よう寝よう」

スエットの上下を勢いよく脱ぎ捨て、先におじさんは布団へ入った。

ぼくも下着だけの格好となって、布団へ潜り込んだ。なるだけおじさんの体とふれないように、端の方へと身を細め、おじさんに背を向ける形で横になった。

妙な胸の高鳴りを禁じ得なかった。

「どうした？　こっちを向いてくれよ。ちゃんと顔を見せてくれよ、な、ぼうず」

そう言われると、別段逆らう故もなく、ぼくは体を反転させた。

「可愛い顔、してるな。この俺にも、今のお前みたいに、純粋な目をしていた時期があったんだよな……」

おじさんの手が、自然にぼくの背中へ回され、体ごとグイと抱き寄せられた。

その時、確かにぼくは嗅いでいた。

おじさんの匂い。

懐かしい、男親の匂い。

「もうむけてるのか？」

「まだむけてない」

「そうか、でも、急ぐ必要なんかないぞ。あれは人それぞれ個人差があるからな。ただ、風呂に入った時には、ちゃんとむいて洗うようにしろよ」

「でも、痛いから……」

「痛くてもある程度それを我慢して、皮をむいて洗わなきゃ駄目だぞ。それも大事な男の訓練の一つだからな」

「うん。そうする」

そんな会話を交わしている内に、急にぼくは、おじさんのものを触りたくなってきた。ためらう間ももどかしく、すっと左手を、おじさんの股間へ伸ばしていた。

「触ってみたいか？　そうだよな。誰だって興味あるもんな。他のヤツのはどんなんだって。ましてや、お前みたいな年頃の時には、大人のものはどんなものかって、やっぱり思うもんさ。俺もそうだった。何だ、男同士じゃねえか。遠慮なく触れよ。どうせ、お前がぶら下げてるもんと、そう大して変わらねえもんがあるだけさ」

トランクス越しに、おじさんの股間の膨らみ全体を、掌で軽く包み込んだ。

柔らかな熱さが指先に伝わってくる。

「バカ、何遠慮してんだよー。そんなんじゃ、どれだけのもんか判んねえだろうが。ほら……」

いきなり、おじさんはぼくの手を摑むと、自分のトランクスの内部へ差し入れた。

恐る恐るぼくは指先を動かし、その形をなぞるようにして、自分自身のものとの相違性を確かめていく。

「……皮がないね。それにやっぱし、ぼくのより大きい」

「フ……なくなったんじゃねえぞ。縮んじまうんだ。センズリかいたり、アレやったりしている内に、自然と後退していくものなんだ。ところで、お前、もうセンズリかいてんのか？」

おじさんの発する言葉の一つ一つが、やけに刺激的に感じられ、ぼくは思わず赤面していた。

頬が火照り、心臓が早鐘を打つ。

「どうなんだよー、ハッキリ言ってみろよ。こらー」

回答を迫り、ぼくの鼻の頭を軽くつまんだ。

「……もうやってるよ。中二の頃からやってるもん」

「ほう、そうか。可愛い顔して、やることはちゃんとやってんだなー。見直したぞ」

この人と一緒にいると、ぼくの心は棘を抜かれていく。理由もなく胸が熱くなり、体中のあらゆる余分な力が抜け落ちていく。フッと、呼吸さえもが楽になる。

そして、返っていく。

父の腕の中に抱かれて眠る幼子の昔へと返っていく。

おじさんの傍にいる時だけは、虚勢を張る必要はないのだ。淋しいなら淋しいと、大声を上げて叫べばいい。悔しいなら悔しいと、つらいならつらいと、本当の気持ちをぶちまければいいのだ。嘘をつく必要など、これっぽっちもないのだから。

ふいに鼻の奥がツーンとしてきた。

何故だか判らないが、突然、我が身に起きたこれまでの出来事が、頭の中で再演されていた。永年に渡る父の病気と、その死。まるでなじめなかった高校を中退したこと。そのあげく、周囲の人々の白い目を恐れて、逃げるようにして上京したあの日。そして、何もしない怠惰な日々を、ただ重ねているだけの今の暮らし。

無理矢理心中深く押しとどめていたものが、今まさに、堰を切ったかのように大きなうねりとなって、腹の底から突き上げてくる。

声を上げて、ぼくは泣いた。

同時に、おじさんの胸に顔を埋めていた。

「何で、そんなに泣くんだ……。まだほんのガキんちょのお前が、何でそんなに悲し気に泣くんだ……。馬鹿野郎……、お前が泣けば、俺の方まで悲しくなるだろうが……。あんぽんたん……。泣けばいい、俺の胸で泣けばいい……。多分、俺はお前に何もしてやれない……。だが、せめてお前を抱きしめてやることだけは、してやれるぞ。泣いていい。やせ我慢なんかするな。男はな、自分が本当に心を許した相手の前でなら、いくらでも泣いていいんだぞ。お前のことは、この俺が抱いてやる。もう何も心配するな。泣け。思いきり泣け」

おじさんの腕が、ぼくの首筋に回されて、体を強く引き寄せ、硬い脛毛に覆われた足が、太ももにからんでくる。

柔らかな春の陽射しの如き穏やかな温もりの中に、すべてを委ね、ぼくは安らいでいく。

重ねて、おじさんが何か一言言ったようだったが、それも今は、遠く微かに耳の奥に響く潮騒の調べにも似て、こと更に眠気を誘う。

甘く果てしない眠りの底へ落ちていくのに、そう大して時間はかからなかった。

「おじさん！」

掛け布団をはねのけ、上体を起こし、部屋の中を見渡したが、既にその姿はなかった。朝の冷気が肌を刺し、昨夜の名残りの夢をも無情に奪い取ろうとする。ただ、布団の内側に残るほのかな温もりだけが、かろうじてぼくを救ってくれた。

もう一度横になり、布団を頭からすっぽりとかぶって、手足を縮めて体を丸くする。

もはや他人のものとは思えない、いとおしい残り香に抱かれて、また暫く眠った。

次に目覚めた時には、部屋中に、太陽のきらめきの切片が満ち、昨日へ押し戻すことの叶わぬ、断固たる日常の営みの一ページが、めくられようとしていた。

顔を洗いに行こうと立ち上がった時、コタツ台の上に置かれている茶封筒が目に入った。封はされておらず、中身をすぐに取り出してみる。手帳の一部を破って使ったらしく、小さ目の紙が一枚出てきた。

「またくるからな。ちゃんと、メシ食って、元気にしてろよ。同封の金は、部屋代の足しにでもしてくれ」

正確で力強い字体で記されたメッセージと共に、一万円札が三枚、封入されていた。

お金なんて……、最初はそう戸惑ったものの、すぐに、正直な本音の言葉が、胸の奥に浮かんできた。

（助かった……）

月末の家賃の支払い期限が迫ってきていた。

田舎からの送金を頼もうか、それとも、駅前の信販会社へ足を運んでみようか、と思案の日々でもあったのだ。

逼迫した生活状態を見透かされた惨めさよりも、今は、ギリギリ目の前に立ちふさがる窮状を、何とか切り抜けることができた安堵感の方が、より強く自分の内面を支配していた。

ただ、お金をもらったこと、その行為に対する気持ちの上における引け目みたいなものが、固く心に刻みつけられた。


空虚な日々を繋ぎ合わせるだけの暮らしが、結局は続いていた。

働くこと、働いて金を稼ぐ責務を、ぼくは、永久に放棄しようとしていたのかもしれない。別に何もかもどうでもよかった。仕事も学校も、そして、生き続けていくこと、それ自体。

今、この瞬間が無事であれば、何事も起こらずに平穏に時間が流れていくのなら、もうそれだけで充分だったのだ。

夜中の十時を少し回っていた。

ドアをノックする音が室内に響いた。

「……どなたですか？」

「ゆうパックをお届けに参りました」

「エッ……、こんな時間に……ですか？」

「今は、郵便局も二十四時間体制でやってますからね」

「田舎から……、延岡からですか？」

「とにかくここを開けて下さい」

「………………」

「開けてくれないのか、つれないなー」

「エッ……」

カチンと、鍵が外される音と同時に、いきなり、トレンチコート姿のおじさんの体が、ぼくの方へ倒れかかってきた。

「おじさんだったのかー。何かおかしいと思った」

「用心深いのはいいことだぞ、ぼうず」

ほのかなアルコールの香りが漂い、目のふちが少し赤くなっている。

「ほれ、おみやげだ。お前と一緒に食おうと思ってな」

左手に寿司折を提げていた。

おじさんは、一度強くぼくの体を抱きしめて、頬ずりをしたあとで、ゆっくりと肩先から離れていった。そして、コートを布団の上に脱ぎ捨てると、軽く尻もちをつくような格好で、ドンとコタツの前に腰を下ろした。

ぼくが、コートをハンガーに掛けようとしている間に、今度はネクタイが飛んできた。続いて、ワイシャツ。ズボン。結局は、下着だけの姿となり、コタツの中で横になってしまった。

「おじさん、そんな格好で寝たら風邪ひくよ。それに、お寿司、一緒に食べるんでしょう」

「ああ……、うん。そうだったな」

かったるそうに起き上がったおじさんの背中に、ぼくは、タンスから取り出してきた、ブルーのスタジャンをかけた。

「オッ、サンキュー」

「お茶にする、それと冷たい水？」

「今は冷たい氷水がいいな」

そういえば、亡くなった父も、酒を飲んで帰ってきた時には、何時も氷水を注文していたよな。

冷蔵庫から氷を取り出しながら、ふとそんなことを考えていた。

「何処かで飲み会があったの？」

「ああ。会社の接待さ。気を遣うばっかりで、ちっとも面白かねえよ。おいおい、そんなことより、早く食え。上寿司だ、うめえぞ」

「もうこのまましょう油をかけてもいい？」

「ああ、いいぞ」

香ばしい海苔の香りが食欲をそそる。

「フー、うめえ。酒飲んだあとの冷たい氷水、これが最高なんだよなー」

喉を鳴らし、いっきにコップの水を飲み干した。

おじさんは、ぼくが寿司を食べる仕草を、暫くはぼんやりと眺めていたが、やがて、またゴロンと横になった。

最初は片肘をついて、顔をぼくの方へ向けていたものの、程なく、顔面をカーペットに突っ伏して、軽くいびきをかき始めた。

コタツの目盛りを二つ上げて、コタツ掛も、おじさんの上半身を全部覆い尽すよう、片側に目一杯伸ばした。

いびつな形に盛り上がったコタツ掛と、おじさんの髪の毛を横目に見ながら、ぼくは、次々と寿司を口の中に放り込んでいく。

この人は、ぼくの前で、本当に無防備だな……。

つくづくそう思った。

偶然出会ったぼくの所へ度々やってきて、メシを一緒に食べ、ゆっくり寝て、そして帰って行く。双方共に何もきかないで、ただ、互いの肉体の温もりを分け合って、ひと時の安らぎに身も心も委ねる。

だけど、そんなさり気ない日々の中でも、一つだけ明確に言えることがあるとするならば、それは、ぼくという人間が、これから先生きていこうとする時に、何が一体必要なのか、おじさんと出会って、初めて判ったということだ。

人の肌の暖かさ。

ぼくを抱きしめてくれる男親の温もり。

おじさんがそれをぼくに教えてくれた。与えてくれた。

しかし、逆の立場で考えた時に、果たしてぼくは、おじさんに対して、何ものかを与えることはできているのだろうか……。ただ与えてもらうばかりで、結局自分は、何一つ返してはいないような気がしている……。

おじさん……。

「おじさん……」

「おじさん、こんな所で寝たら風邪ひくよ。布団に入って一緒に寝よう」

おじさんの体を揺すり、声をかけてみた。

「……うん？　ああ、そうだな……」

ごそごそとコタツから抜け出すと、スタジャンを脱いで、そのまま這って行き、布団へ潜り込んだ。

ぼくもスエットの上下を脱いで、部屋の灯りを消し、下着だけの姿となって、おじさんの隣へ横になる。

すぐにぼくの体を抱き寄せ、掛け布団を頭からすっぽりとかぶった。

無意識の内に、ぼくの手は、おじさんの股間へと伸びていた。柔らかな熱さが掌に心地好い。

「コラ、あんまり指を動かすな。たってくるだろうが」

少しずつ、ペニスが容積を増していくのを、指先に感じていた。

「気持ちいい？」

「そりゃあ、気持ちいいさ。男なら誰だってそうさ」

ふいに、頭の中で、以前見たポルノ雑誌のワンシーンが再現されていた。男のペニスを、女の人が口で愛撫しているシーン。手でするよりも、遥かに強く快感を得ている様子だった。

考えるより先に、体が勝手に動いていた。

自分の体を下方へずらし、頭が、おじさんの腰の位置へくるようにした。そして次に、おじさんのパンツを太ももの辺りまで下ろし、既に勃起状態にあったペニスを、目を閉じて、自分の口の中へ含んだ。

舌先がペニスの先端に触れた瞬間、ぼくの体はふっ飛び、背中を窓ガラスに、したたか打ちつけられていた。

おじさんに、足で蹴飛されてしまったのだ。

「バカヤロー！　どういうつもりだー！」

両肩を、おじさんに痛い程強く摑まれて、激しく前後に揺さぶられる。

目が怖いぐらいに真剣だった。

「何でこんな真似をしたのか、エ、言ってみろ！」

「……おじさんに色々してもらって……、それに、お金までもらったのに……、でも、ぼくは何にも返せないし……、それで……それで……」

あとはもう涙が溢れてきて、言葉にならなかった。

「金？……金もらったからって……、俺は、そんなつもりでお前んとこに来てるんじゃねぇ！そんなつもりで……。お前、俺のこと、そんな風に見てたのか……、そんな変なヤツだと……」

おじさんも涙声になっていた。

「……違う……、そうじゃない、そうじゃないよ……。おじさんのために……、おじさんが喜ぶことを、何かしてあげたかったんだよ……」

「こんなことしてもらって、この俺が喜ぶとでも思ってんのか！　お前にこんな真似させて、俺が、俺が……」

無我夢中で、ぼくは、体ごとおじさんにぶつかっていった。

反動で、おじさんの体がひっくり返った。

「……ゴメンナサイ……、ゴメンナサイ……」

「……もういい。だがな、二度とこんな真似してみろ、絶対にただじゃすまねえぞ」

上になったぼくの体を両腕で抱きしめ、おじさんの指が、ぼくの髪を撫でていく。

「あんぽんたん」

ザラザラとした硬い髭が、鼻の頭を擦っていく。

「返すものがないなんてことがあるもんか。バカヤロー。お前は、掛け替えのない大事なものを、俺に与えてくれてるんだぞ。抱きしめているのは俺じゃないよ。俺がお前に抱かれてるんだ」

ぼくを抱くおじさんの腕に更に力が込められ、互いの熱さが一つに重なり合っていく。

「お前とこうして一緒にいる時間だけは、俺は、心も肉体もすっ裸でいられるんだ。自分に嘘をつく必要もないし、周囲の目も気にしなくていい。俺は、少なくとも今は、金も出世も望んでいない。俺が欲しいのは、安らぎなんだ。お前と二人でいる時にだけ、本当の自分を取り戻せる気がする。お前は……、お前は不安か？　何処の誰とも判らねえ俺みたいなヤツと一緒じゃあ、イヤか？」

「違う！　絶対にイヤじゃない。おじさんが誰であろうと、そんなの関係ないよ。こうやっておじさんと一緒にいられたら、もうそれだけで充分だ。多分、ぼくもおじさんと同じだよ。学校も仕事も、今のぼくにとっては、どうでもいいことだ。このまま死んでいくのなら、それでも構わない。でも、おじさんに抱かれている時にだけ、ぼくは、自分もこれから先、もっと生きていけそうな気持ちになるんだ。ぼくは他には何もいらない。ただ、おじさんと一緒にいられたら、もうそれでいい」

どちらともなくまた布団へ戻り、互いに向き合う格好で横になった。

「ぼうず、お前、この先一体どうするつもりなんだ？」

「自分でもよく判らない……」

「説教めいた話をする資格なんて、俺にはないが、このまま東京に残るにせよ、或は田舎へ帰るにせよ、何かした方がいいぞ。アルバイトをするとか、専門学校に通ってみるとか、とにかく何かをしないことには、お前自身が腐っていく。今すぐじゃなくてもいいから。何かやってみようかなって気になった時には、必ず俺に話してくれ。な、約束だぞ」

「うん。判った」

金でもない。学歴でもない。出世でもない。

ぼく達が欲しいのは、人の肌の温もりなんだ。

自分を抱きしめてくれる、愛する人の体温の暖かさなんだ。

互いの体を丸くし、全身を使って抱きしめ合う時、ぼく達は、時間の壁を打ち破り、現実の次元を軽やかに飛び超えていける。

ここには一つの世界が存在する。

深い、深い、安堵の眠り。


おじさんとの出会いの日から二ヶ月が過ぎようとしていた。

珍しく明け方に一度目が覚めた。

インクブルーに染まる窓の外。

そして、もう一つのブルーが、視界の中に浮かんだ。

ぼくのスタジャンを背中に羽織った、おじさんの肩越しに、薄紫の煙が揺れていた。

煙草の苦さが室内に満ちている。

「……おじさん、眠れなかったの？」

力なく振向いたおじさんの瞳が濡れていた。

「どうしたの⁉　おじさん、ねえ⁉」

布団から出て、おじさんのすぐ隣にぼくが腰を下ろすやいなや、いきなり、おじさんに抱きすくめられた。

いや正確には、おじさんの方が、ぼくの肩に抱きついてきたのだ。

一言も発せず、おじさんは泣き続けた。

ぼくはどうしたら良いのか判らず、ただ、声を殺してむせび泣くおじさんの髪を撫で、背中をさすっていた。

言葉を発すれば、かえって、互いの胸の想いが、希薄なものへと堕ちていくような気がした。

切ない呻き声が消えた時、ぼくの腕から離れ、おじさんは立ち上がると、早足で、玄関脇にあるトイレの方へ向かった。

ややあって、水を流す音が響き、何時も通りの笑顔に戻ったおじさんが、照れ臭そうにして、ぼくの目の前に現われた。

「ゴメン、許せ、ぼうず」

そう一言だけ言って、ぼくの体もろとも、布団の中へ飛び込んだ。

「おじさん、何かあったんじゃあ……」

「もう大丈夫だ。心配かけてすまん」

早朝の冷気が漂う中、おじさんは、自らの体温を分け与えるかの如くして、体を密着させ、両足の間へぼくの下半身を挟み込むようにし、わずかに残された至福の時間を愛おしむ。

アパートから出て行く時、普段は見送りなどしないのだが、今朝に限っては何故か、おじさんの方から、

「たまにはお前に見送ってもらおうかな」

などと、言い出した。

きちんとネクタイを締めた、スーツ姿のおじさんは、部屋で共に過している時とはまるで別人のように、キリッと一本筋が通っている。

ぼくは、相変わらずのスエットの上下を着たままの姿で、おじさんの後ろから一緒にくっ付いて、玄関を出た。コツコツとコンクリートを打つ革靴の音が誇らしい。おじさんの背中が一段と大きく見える。

道路へと通じている階段へ差しかかった時、急におじさんが立ち止まり、振返った。

じっとぼくの顔を見つめ、そして、両肩をきつく抱きしめた。

「元気でな……。今度会える時まで、必ず元気にしてろよ」

「うん。おじさんの来るのを待ってるから」

その時、理由もなく、胸の奥が震えた。

キュッと、まるで何か強い力で、心臓を締め付けられたように感じた。

得体の知れない不安が、全身に広がっていく。

「じゃあ、ぼうず、行ってくるぞ」

ぎこちない笑顔にどこか無理があった。

加えて、目のふちに光るものが見えていた。

どうしてだろう、胸の鼓動が早鐘を打つ。

(おじさん、待って。行ったらいけない。行かないで……)

本能的な言葉が心にわいてくる。

が、どうしてもそれを、口に出して言うことができない。

足がコンクリートにはり付いて動かない。

トントンと乾いた金属音を響かせて、おじさんは階段を下りて行く。

喉がカラカラに渇いて、唾さえも出てこない。

階段を下りきった所で、ぼくの方を見上げ、手を振ってくれた。

「もう部屋に戻れ。そんな格好じゃあ、風邪ひくぞ」

今度の笑顔にはもう迷いがなかった。

昨夜一緒に上ってきた、都営団地への坂道を、おじさんは一人で歩いて行く。平坦な道になった所で、再びおじさんは振返った。

大きく手を振ってくれている。

そのあとは、急ぎ足で進んで行くおじさんの後姿が遠くに見えなくなるまで、ぼくは茫然と、そこに立ち尽くしていた。

決して拭い去ることのできぬ不安な思いが、次から次へと頭の中をかけ巡り、この身を苛んだ。一日中、部屋から一歩も外へ出ずに、朝から晩までずっと、おじさんのことを考え続けた。

もしかして、交通事故にでも遭って入院しているのでは……。具合が悪くなって、途中の道で倒れているのでは……。

考えがどうしても、悪い方へ悪い方へと流れていってしまう。夜のテレビニュースは全部見た。目を皿にして、夕刊も隅から隅まで読んだ。でも、それらしい事件は、何処にも見当らなかった。

そうだよな、おじさんに限って、そんなことないよな……。

また笑ってぼくの所へ来てくれるさ。

深夜、何時頃だろう、浅いまどろみの中で、ふと目が覚めた時、部屋の中央におじさんの背中が見えた。

「おじさん、どうしたの？　今日は随分遅くなってから来たんだね」

ぼくの呼びかけに、すっと振向いたおじさんの顔は、青白くてあまり元気そうではなかったものの、普段と同じぁのやさしい笑顔に、何ら変わりはなかった。

「おじさん、風邪ひくよ。布団の中においでよ」

うん、と肯いたように見えた。

そして、おじさんも確かに傍に来てくれたはずなのだが、ぼくがその腕に触れた瞬間に、まるで霧のように消えてしまっていた。

「おじさん！」

自分の叫び声で我に返り、ぼくはとび起きた。

何だ、夢だったのか……。

だが、夢にしてはやけにリアルなものだった。

おじさんの匂いが、そこら辺りに残っているような気がした。

それから先はほとんど眠れず、何度となく寝返りを繰返し、重く澱んだ頭で朝を迎えていた。

新聞配達の人が、勢い良く階段を駆け上ってくる音を耳にし、普段はまだ熟睡しているはずの時間帯に、今朝は既に顔を洗っていた。

ゴトンと鈍い音をたてて、玄関ドアにある新聞差入口に、朝刊が届けられた。

体全体が熱を帯びている。

新聞を取りに歩いて行く足が、変に軽過ぎて、フワフワと現実の世界から遊離し、何となく宙を舞っているかのように感じた。

新聞を右手に持ち、敷きっ放しのままの布団へ戻る。胡座を組んで、まず第一面を見た。あまり興味をそそる記事もなく、すぐに裏返し、テレビ欄に目を移す。もう完全に空で言える日課表が、予定通りにきちんと並んでいる。

そして次に、社会面を開いた。

「バブルの崩壊……証券マン自殺」

そんな派手な見出しが目に飛び込んできた。

顧客から運用を任された証券マンが、その通常の資金の枠を超えた株式の投資をし、当初は順調に利潤を生み出していて、その枠外の投資分を補って余りある程の運用益を上げていたのだが、あまりにその範囲を広げ過ぎて、次第にコゲつきを生じ、穴埋めのために他の客の資金を転用するがそれも失敗、挙句の果てには何十億円もの損失を……。

ぼくにとっては正に別世界の出来事だった。

さて、他にはどんな記事が……と、前述の事件を走り読みしたあとで、視線をずらそうとした時に、その事件で自殺した人の顔写真がふと目にとまり、明確な実像として対面した。

瞬間、息が詰った。

耳の奥に、キーンと高い金属音が響き渡る。

体中のあらゆる熱がいっきに奪われ、手足が強張る。

新聞を持つ手が微かに震え、唇がカサカサに乾いていく。

歯がガチガチと小刻みに音をたて、まるで歯の根が合わない。

唇をきっと結んだその写真の人は、紛れもなく、……おじさんだった……。

畑中洋介。

おじさんの名前を、今、初めて知った。

じっとただ一点を、おじさんの顔写真を凝視し続けて、幾ばくかの時間が流れた。

瞳の芯が焦げついて粉をふきそうだ。

ヒリヒリと焼けているのだが、目を閉じることができない。瞼がピクピクと痙攣し始める。硬直する手足。

ウーウーと低い唸り声を上げることで、自身を叱咤し、死力を尽くす。

握りしめていた新聞を、半ば這うようにして、何とかコタツ台の上へ持って行き、あとはもう顔から敷布団へ突っ伏していった。

掛け布団を頭からすっぽりとかぶり、膝を抱えて、体を海老みたいに折り曲げ、ただガタガタと震えていた。

寒い。

体の熱が戻ってこない。

必死の思いで、震え続ける体を自ら抱きしめていた。

このまま眠ってしまいたかった。

そうすれば、次に目覚めた時には、きっとまた何時も通りの朝を迎えられるに違いない。

目を閉じ、全く別のことを脳裡に描こうと、懸命に努力した。昨夜見たバレーボールの試合中継のこと。今日発売になる「逆光線Ⅱ」の中身。昼食は何を食べるか。

おじさんは、今度は何曜日に来てくれるのだろうか？

おじさんは……おじさんは……

死んだ……

否！

止めろ、そんなこと考えるな。

何も考えるな。頭の中を空っぽにするんだ。


早朝の静寂を破り、突然、カンカンと力強い足音を響かせて、誰かがアパートの階段を上ってくる。

「速達ですよ」

パシンと軽い音がして、新聞受兼用の差入口に、何かが投入されていった。

機械的に体が反応し、音のする方向へ、のろのろと歩を進めて行く。

金属製の差入口に、かろうじて引っ掛っていた白い封筒を手にとる。

小金井市貫井北町三丁目二十五ノ四貫井荘

長友利昭様

封筒の裏には差出人の氏名はなく、ただ〆の印だけが書いてあった。

掌に封筒を固く握りしめ、部屋へ戻ると、ぼくはコタツの前に座った。

正面に両手で封筒を立て、じっと、宛名書きの文字を見つめ続けた。

見覚えのあるその文字は、ぼくの胸に強く何かを訴えかけてくる。心臓をキリキリと締め付けて、ぼくを切なくさせた。

机の引出しからハサミを取り出し、上部を丁寧に切り取った。

慎重に口を開き、中身を抜き出す。

幾枚かの白い便箋と共に、黄緑色の薄い紙片が封入されていた。

自然と震えてくる指先で便箋をめくった。


ぼうず……。

この手紙がお前の手元へ着く頃には、もう何もかもお前の耳にも届いていることだと思う。

心配させて、すまない。

俺はもう生き続けることができなくなってしまった。卑怯者だと、お前に詰られたとしても、俺には返す言葉もない。

理由は様々な出来事があまりに深く絡まり過ぎていて、とても一言では語り尽くせない。ただ、どんな理由があったにせよ、悪いのは他の誰でもない、この俺自身だ。

もはや死ぬことでしか、答えを出せない状況なんだ。

許してくれ、ぼうず。

ただ、お前と偶然出会って共に過した、俺にとっての人生最後の日々は、幸福だった。何より心が安らいだよ。俺はもう何もいらなかった。俺が欲しかったのは、心を許せる相手の肌の温もりだけだった。暖かい人の体温に包まれていたかった。それだけだ。

お前がそれを俺にくれた。

抱かれていたのはお前じゃない。この俺自身だ。俺がお前の懐に抱かれていたんだよ。

ありがとう。本当にありがとう。

俺はもう死んでいくだけの人間で、お前のために何もしてやれないことがつらくてならない。

俺にもう少し時間が残されていて、そして幾ばくかの力があれば、お前のためにどんなことでもしただろう。

無念だ。

許してくれ、ぼうず。

せめてお前をもう一度抱きしめてやりたい。

今すぐお前に会いたい。

お前にこの命の最期の温もりを分け与えたい。

ぼうず、田舎に帰れ。

お前は羨しい程に若い。いくらでもやり直しがきく。定時制高校へ通うなり、大学検定を受けるなりして、もう一度スタートを切り直せばいい。このまま何の目的もなく東京にいたら、お前自身が駄目になる。

田舎に帰って、もう一度冷静に自分自身の人生を見つめ直せ。

同封した為替証書を換金して、その再スタートのために役立ててほしい。

ぼうず。いや、長友利昭君。

今度お前に会える日は、一体何時になるのだろう。その時お前はどんな顔をしているのだろうか。

だが、俺は、そんな何十年後ではなく、今すぐにお前に会いたいよ。

会いたい。

ぼうず、お前に会いたい。

会いたい。お前に会いたい……

畑中洋介

涙で文字が霞み、同じ箇所を、何度も何度も繰返し読み直した。

ウグッ。

堪え切れず嗚咽がもれてくる。

おじさんの魂の叫び、二人の絆の証を遺す掛替えのない手紙を、きちんと元のようにたたみ、台の上に置いた。

涙がとめどなく溢れてくる。

カーペットに体を横たえ、右腕で目を覆って、泣いた。声を上げて泣いた。

「おじさん……おじさん……会いたい……今すぐぼくもおじさんに会いたい……」

途切れ途切れに声を振絞り、天井を突き抜けろとばかりに、何度も叫び続けた。

身のやり場がなく、体を左右にゴロゴロと激しく揺り動かす。

一つの場所にとどまっていることができない。立ち上がろうとしたのだが、足がふらついて、そのまますぐ横の布団の上へ倒れ込んだ。

掛け布団のあらゆる箇所を指先でかきむしり、足で畳を擦り続けた。

果てしない悲しみ。

通常の次元を超えた悲痛な涙が、視界を歪め、そして思考回路をも狂わせていく。

突如としてわいてきた、本能とおぼしき天命に従って、無闇な行動を開始していた。

よろけるようにして、コタツの前に体を進めると、いきなり、力任せに自らの額をコタツ板に叩き付けた。

鈍く砕ける音を幾度か響かせた後、その激烈な痛みを感じていたのかどうかさえ不確かなまま、ゆっくりと畳の上へ膝から崩れ落ちていった。

顔面に滑《ぬめ》る生暖かな液体を滴らせながら……。

正気を取り戻した時、薄い夕闇が、室内にまた新たな静寂の彩りを添えていた。

ウッ……。

額にパックリと傷口が開き、髪の毛や頬に、流血の名残りが付着している。

だが、額の傷の痛みが、かえって、ぼくの内面を冷静にしてくれた。

今にもずり落ちそうになっていたコタツ板を正常な位置へ戻し、無意識の内にも守っていたおじさんの遺書を、もう一度開いてみる。

その一字一句を自らの心に刻み付けるようにして、じっくりと読み返していく。

東京を離れる日がきた。

悲しみに終わりはないけれど、その分、愛する人との思い出が、人を強くする。

とにかく、一歩前へ踏み出そう。

これからの永い歳月の中で、ぼくは、あらゆる局面に際し、おじさんの遺した言葉を噛みしめることだろう。

おじさん、ありがとう。

ひとときのさよならを告げるよ。

でも、またきっと会えるよね。

そして、その時に、おじさんから、「ぼうず、よく頑張ったな」ってほめてもらえるぐらいに、
一生懸命やってみるから。

自分の人生は、自らの手で切り開くしかないんだよね。

おじさん……。

おじさん、ぼくは生きるよ、新しい明日を……。

【著者プロフィール】
竹脇　誠（たけわき　まこと）

宮崎県在住。公務員。38歳。
東京アナウンスアカデミーで声優の勉強をする。趣味は雑学研究で、TV「パネルクイズ　アタック25」「アップダウンクイズ」出場経験あり。また、市民コーラス「第九を歌う会」のメンバーとして、毎年、年末のステージに立つ。旅先での街角ウォッチング、人間ウォッチングも。尊敬する作家は北方謙三。

逆光線　～ひとりぼっち～

2000年9月1日　　初版第1刷発行

著　者　竹脇　誠
発行者　瓜谷　綱延
発行所　株式会社　文芸社
〒112-0004　東京都文京区後楽2-23-12
電話　03-3814-1177（代表）
03-3814-2455（営業）
振替　00190-8-728265
印刷所　株式会社　平河工業社

ISBN4-8355-0672-3 C0093